La prochaine fois que je tomberai

Dave Kerlson

LA PROCHAINE FOIS QUE JE TOMBERAI

First edition. June 25, 2024.

Copyright © 2024 Dave Kerlson.

ISBN: 979-8224285624

Written by Dave Kerlson.

Also by Dave Kerlson

Compagnon oublie
Protégé
Te Laisser partie
Chaleur Interdite
Le chaton du viking
Ombres et désir
Le Joker De la Riene
Ne Touchez pas
3 Patrons Robustes et une fille Désemparée
À Court de Loyer
Tentation Dépravée
Beau Cœur
Le Diable
Attendre pour toujours
Au lit Avec l'ennemi
L'interview
La prochaine fois que je tomberai

Les opposés peuvent-ils comprendre qu'ils se ressemblent plus qu'il n'y paraît ? Ou leur alchimie est-elle suffisante pour raccourcir la phase des ennemis ?

Amanda,

je suis un peu nouvelle en ville et dire que je me démarque dans la foule est un euphémisme. En tant qu'ancien joueur de basket-ball universitaire qui n'a pas réussi à atteindre la WNBA, l'enseignement était la deuxième meilleure option pour moi, du moins pour le moment. J'adore être entraîneur de basket-ball féminin et professeur d'éducation physique, mais cette petite ville n'est pas vraiment l'endroit où je veux être.

Quand je rencontre Sam, il ne m'impressionne pas par son charme. Il est abrasif, mais je suis intrigué. Je déteste admettre que mon intérêt repose en grande partie sur son beau visage et son corps sexy. Après une légère dispute, il m'invite à une exposition d'art dans sa galerie. J'y vais juste pour le revoir. À la fin de la nuit, je pourrais regretter certaines de mes décisions.

Sam,

je suis divorcé. Blasé et gardé. Ma femme a quitté la petite ville de Géorgie et moi sans un regard en arrière. Maintenant, je me concentre uniquement sur mon travail. L'art est ma vie. Et j'ai les qualifications nécessaires pour que cela en vaille la peine. J'ai fait un nom pour ma galerie et mon art est connu dans tout le pays.

Je n'ai aucun intérêt à sortir avec quelqu'un. Me marquer encore plus le cœur n'est pas sur ma liste de choses à faire. Mais ensuite rencontrer Amanda m'a rappelé que j'avais toujours des sentiments... et une libido. Je ne peux pas l'expliquer, mais je veux apprendre à la connaître. L'attirance est là et j'agirai en conséquence si j'en ai l'occasion, mais je veux la connaître.

Chapitre 1

Amanda,

je me promène sur la place de la ville, je fais du lèche-vitrines et je profite du temps chaud. Je n'ai vraiment besoin de rien, mais c'est agréable de sortir le week-end. L'air frais du printemps me fait respirer plus profondément et me libère la tête de la semaine chargée de travail et d'école.

« Salut, Amandine. C'est une si belle journée, n'est-ce pas ?

Je me retourne quand j'entends mon nom, un peu surpris que quelqu'un me parle alors que je me promène dans la ville pittoresque. Je me retourne pour voir Beth, l'assistante administrative du lycée. C'est elle qui garde tout en ordre, des élèves aux professeurs. Rien n'échappe jamais à Beth et nous apprécions tout ce qu'elle fait pour que tout se passe bien.

"Oh, bonjour, Beth. C'est bon de te voir." Je lui souris, heureuse de revoir quelqu'un que je connais.

"Et toi aussi! Que fais-tu aujourd'hui ? Beth a les bras remplis de sacs de courses et il est clair qu'elle soutient l'économie locale.

« Oh, juste du lèche-vitrines. Je profite vraiment du temps chaud. On dirait que vous avez fait quelques dégâts à votre portefeuille. Je ris et lui montre la brassée de sacs qu'elle porte.

"Hé bien oui. Il semblerait que mes enfants enlèvent leurs vêtements toutes les deux semaines. Ils nous ont coûté une foutue fortune. Mais qu'est-ce que tu vas faire ?

J'acquiesce en signe d'accord. "J'ai entendu dire que les enfants coûtent cher, mais ils en valent surtout la peine."

Elle éclate de rire. "Surtout. C'est une bonne façon de le dire. Elle secoue la tête et s'éloigne de moi. "J'espère que tu passes un bon après-midi, Amanda."

"Toi aussi! A lundi."

Je respire profondément l'air pur et je regarde Beth alors qu'elle s'éloigne. C'est une femme sympa, mais nous n'avons vraiment rien en commun sauf que nous travaillons au même endroit.

J'aurais soudain aimé travailler plus dur pour me faire des amis. Je vois des gens se promener et presque tout le monde a un compagnon. Ils parlent et rient tous dans cette ville pittoresque nichée tranquillement dans un paysage luxuriant. Je ne suis à Oak Valley que depuis quelques mois, mais si j'avais pris la peine de sortir un peu de ma coquille, je ne me sentirais probablement pas seul.

Mais je fais.

C'est peut-être pour ça que je n'aime pas vraiment vivre ici. Bien que je sois à Oak Valley High depuis le début de l'année scolaire en tant que nouveau professeur d'éducation physique, je ne me suis fait aucun ami. Bien sûr, les autres enseignants sont polis, mais nous ne sommes pas très nombreux et la plupart sont ici depuis des années, voire des décennies. L'étrange grande nana qui domine une grande partie du personnel masculin, y compris le directeur, fait fuir les gens.

Ça a toujours été comme ça pour moi. J'ai atteint cinq pieds neuf pouces à douze ans et mesurais six pieds sur quatorze. Parlez de maladroit. J'ai été harcelée sans pitié tout au long du collège jusqu'à ce que je m'inscrive dans l'équipe féminine de basket-ball. C'est ce qui a finalement changé ma fortune. J'ai toujours été athlétique, et dribbler sur un terrain et faire des lay-ups m'est venu naturellement. Pour la première fois depuis l'école primaire, j'ai été accepté et j'ai eu des gens qui me comprenaient.

Qui a aimé ma compagnie.

J'ai existé pour jouer, pour combattre bec et ongles l'autre équipe, pour gagner. C'était génial à tous les niveaux de ne plus avoir ma taille comme ma faiblesse. J'ai entendu : « Hé, quel temps fait-il là-haut ? et "Prends mon crayon pour moi, fille girafe", à "Hé, tu veux jouer au CHEVAL dans mon allée ?" Et même : « Amanda, tu veux sortir avec moi ?

Oui, je l'ai fait, et oui, je le ferais.

Quand je suis allé à l'Université du Connecticut grâce à une bourse sportive, je pensais avoir réussi. J'ai mangé, bu et respiré du basket toute la journée, tous les jours. J'avais même les yeux fixés sur une carrière en WNBA. Le monde était mon huître.

Mais ce n'est plus le cas.

Pas du tout.

En soupirant intérieurement, je continue mon voyage sinueux dans Main Street. La place est exactement cela. Quatre rues faisant les côtés avec un petit parc au milieu avec des arbres et des bancs. En face de moi se trouve le palais de justice avec son atrium néoclassique. C'est un bâtiment impressionnant qui occupe presque tout le pâté de maisons.

Je continue de marcher et m'arrête finalement à Statements. Ils ont toujours une exposition irrésistible de bijoux artisanaux dans la vitrine et je dois toujours m'arrêter et regarder. Il y a quelques semaines, j'ai acheté une paire de boucles d'oreilles en verre de mer et en argent que j'adore. Je suis peut-être un peu un garçon manqué avec une formation sportive, mais j'aime les jolies choses comme les bijoux. J'ai failli y entrer, mais je n'ai pas vraiment envie de faire du shopping pour de vrai aujourd'hui. Pour le moment, faire du lèche-vitrines me convient très bien et je continue de flâner.

En traversant la rue au coin, la Creative Gallery est ma prochaine opportunité de distraction. En flânant devant cette galerie sur le trottoir, je remarque les paysages dans la vitrine. Ils sont dynamiques et intéressants, et comme je ne suis jamais venu ici auparavant, je change d'avis sur le shopping. La porte vitrée s'ouvre silencieusement lorsque j'entre.

L'intérieur sent fortement l'acrylique, ce qui est logique, mais ce qui attire mon attention, c'est la collection vraiment ennuyeuse de toiles abstraites dans un coin. À côté d'eux se tient un homme aux cheveux noir comme du charbon. Je ne lui prête pas attention alors que je me concentre ailleurs.

Au fait, à quoi sert l'art abstrait ? Je n'ai jamais réussi à comprendre cela. Les coups de pinceau et les éclaboussures crachent à la surface. Pourquoi ? Si un tableau ne sert à rien, alors pourquoi le créer ?

Mes coups de pied à semelle souple ne font aucun bruit alors que je penche la tête sur le côté pour étudier mur après mur d'œuvres d'art ordinaires. Ces autres toiles me paraissent beaucoup plus logiques. Fleurs et portraits. Campagnes et paysages marins. Un chien et un achigan à grande bouche. Un canard colvert en vol. Un chat qui dort sur une souche.

Et puis viennent les nus au fusain. Ils sont carrément sexy. Le galbe d'une hanche ou la rondeur d'une poitrine. Les ondulations et les veines d'un biceps fléchi. L'ensemble impeccable de coups de bec musclés sur l'échelle d'un pack de six abdominaux. Le V qui descend jusqu'aux fins poils bouclés qui flottent au-dessus d'une aine sombre. Pourtant, il y a le moindre aperçu de la forme de sa virilité.

Il fait trop chaud ici ? Parce que... putain.

Une femme entre avec le clic-clac de talons hauts pointus et, un peu gêné, je m'éloigne de la section des nus, pronto.

C'est seulement après l'avoir fait que je me rends compte à quel point je suis stupide. Il n'y a rien de honteux dans le corps humain. Mais le Connecticut est un endroit où le sexe et surtout la débauche ne sont pas ouvertement discutés. Non pas que je me considère comme réprimé ; Je suis une femme adulte qui n'est pas vierge et ne l'est pas depuis une décennie. Mais avoir des relations sexuelles et accepter de les regarder en public sont deux ensembles de paramètres très différents.

C'est sans doute pour cela que mon teint est chaud. Alors, je m'éloigne de l'autre côté, près de ces fades abstraits. Peut-être que si je les regarde assez longtemps, je commencerai à voir leur attrait. Eh, probablement pas, mais je traîne quand même là-bas. Je regarde davantage mes pieds alors que j'essaie de me rafraîchir le visage, et je ne remarque pas que je heurte quelqu'un jusqu'à ce que j'établisse le contact et que j'entende un « Humph... » serré.

Des excuses sont déjà sur mes lèvres. -Je le jure, je ne suis pas normalement maladroit-quand une paire d'yeux sensuels en onyx glissent sur mon torse, glissent le long de ma poitrine pas si impressionnante, glissent le long de la colonne de ma gorge et finissent par rencontrer mon regard. Il est obligé de relever le menton pour faire ça parce que je suis plus grand que lui.

Bien sur que je le suis.

Cela m'arrive souvent. Pourtant, cet homme n'est pas quelqu'un que je qualifierais de petit. Il ne mesure qu'environ un pouce de moins que moi, avec tous ces cheveux noirs et ondulés et une légère barbe, le genre de chose qui arrive lorsqu'un homme saute une journée de rasage. Il est mince, mais il est en forme ; Je peux dire qu'il a des muscles définis même à travers le Henley à manches courtes qu'il porte.

Euh, miam.

La peinture de son pinceau se situe entre le beige et le jaune – toujours ennuyeux – et il s'appuie sur un pan de mur entre les toiles pour retrouver son équilibre. Pourtant, il ne bouge pratiquement pas. J'aime les hommes robustes et difficiles à renverser. Mais ensuite il ouvre la bouche.

« Waouh, grande fille... »

chapitre 2

Sam

Même si j'ai un grand studio saturé de lumière à l'étage, j'aime parfois travailler tout en m'occupant de l'espace de vente de ma galerie. Les clients aiment généralement me regarder travailler, et je ne peux pas dire que le public me dérange. Il y a une énergie supplémentaire impliquée lorsque les gens observent quelque chose en train de créer, et je m'en nourris comme si c'était de l'ambroisie.

D'ailleurs, il n'y a presque rien de mieux que de se laisser fasciner par un projet de peinture. Je vis pour m'intégrer à la toile, pour raconter ses secrets d'un simple coup de pinceau. Il y a eu des moments dans mon studio où je suis tellement distrait par ce que je fais que les heures passent. Quelques fois, cela fait même des jours. Quand je peins, toute ma concentration et ma concentration y sont consacrées. Je ne connais ni la faim ni la soif. Je ne remarque pas le passage du temps.

Et parfois, cela a conduit à certains problèmes.

Comme maintenant, par exemple.

Je sais qu'il ne faut pas me laisser glisser dans un tel état de fugue, surtout lorsque je me mêle à la population en général, mais je l'ai quand même fait. Et quand quelqu'un me heurte, me faisant presque passer ma peinture acrylique au mauvais endroit, je me retourne, agacé par l'intrus.

Mais ensuite je lève les yeux. Je dois continuer à lever les yeux parce que la femme qui est tombée sur moi mesure un ou deux pouces de plus que mes cinq pieds dix pouces. Automatiquement, je tends la main pour me stabiliser et marmonne quelque chose auquel je n'ai pas pensé jusqu'au bout. Ce n'est qu'après avoir parlé que je me rends compte qu'appeler quelqu'un « grande fille » de nos jours n'est peut-être pas la forme d'adresse la plus prévenante.

Pour m'éviter une interaction négative avec un client potentiel, j'affiche mon plus beau sourire d'artiste excentrique.

"Puis-je vous aider pour quoi que ce soit ?"

Je garde un ton joyeusement cordial, mais cela n'aide pas. Elle me lance des poignards si mortels que c'est étonnant que je ne saigne pas.

« Qui dit ça de nos jours ? Sérieusement?" siffle-t-elle.

"Il dit quoi ?" J'aurais dû empêcher ces mots de sortir de ma bouche, mais je ne le fais pas. Pas à temps.

« On appelle une femme adulte de vingt-neuf ans « fille ? » Où vivez-vous depuis plusieurs décennies ? Sous un rocher ?

"Non. Et je ne voulais rien dire par là. Tu m'as juste surpris, puis j'ai remarqué à quel point tu es grand et... »

« Quelle taille ? Cela se traduit par un cri furieux. Oh mec. Ses yeux sont comme des éclats de jade avec de petites taches argentées. Elle a de longues spirales blondes et une peau pêche et crème. Je la considérerais comme sacrément glorieuse si elle n'était pas sur le point de me massacrer.

"D'accord, peut-être que ça s'est mal passé, mais tu es aussi grand que beaucoup de basketteurs que je connais."

"Et alors? Et j'ai joué au basket. Je joue. Je... » Elle s'interrompt et son expression se transforme d'une fureur pure et pure en quelque chose de plus vulnérable. Mais ce n'est visible que pendant un éclair. Une microseconde. Ensuite, elle change de vitesse. « Quel genre de sudiste êtes-vous ? »

«Je ne suis pas du Sud», j'explique, même si je ne peux pas dire pourquoi. Ce n'est pas comme si cela améliorait la situation. «Je viens de New York et du Rhode Island en passant par l'Indiana. Je suis diplômé du RISD.

Elle digère cela avec le genre de lèvres pincées qui résultent du fait de donner de l'huile de ricin à quelqu'un.

Est-ce même de l'anglais?"

"Oui. Je suis assez fluide étant donné que c'est ma langue maternelle. Ouais, je suis juste un malin à ce stade. Je l'admets. Mais cette femme est captivante lorsqu'elle se lance. À vrai dire, sa colère m'excite un peu, ce qui est vraiment bizarre. En règle générale, une femme prête à être « royalement énervée » n'est pas mon problème.

Je sais ce qui va suivre. Voici la partie où elle se moque de moi et dit quelque chose comme : « J'aurais dû le savoir » ou « J'aurais pu deviner ». Seulement, elle ne dit pas ça du tout.

« Peu importe d'où l'on vient, les bonnes manières existent. Vous devriez essayer de les utiliser.

"C'est assez riche venant de la personne qui m'a croisé."

Ses traits changent à travers diverses émotions comme un feu de circulation. Il y a toujours de l'indignation, c'est sûr. Mais il y a aussi de la confusion et des regrets, même si ce n'est qu'une infime partie de ce dernier. Pourtant, elle arrête de plisser les yeux et de serrer la mâchoire. Un masque recouvre son visage alors qu'elle relève les coins de sa bouche, mais à peine. Je peux dire que cela lui demande un grand effort.

"Tu as raison. Je m'excuse d'être entré involontairement dans votre espace personnel.

"Tu es pardonné." Je le pense, mais elle continue.

"Mais si vous ne pouvez pas gérer la courtoisie de base attendue par les petites villes du Sud, vous devriez peut-être envisager de déménager ailleurs."

Si elle pense que je recule, elle a une autre réflexion à venir.

«Je ne vois aucune raison à cela. Les gens ici m'adorent. Je suis leur artiste résident.

« Qu'est-ce sur quoi tu travailles ? » Elle regarde le dessin derrière moi comme s'il venait d'un livre de coloriage d'un enfant de quatre ans.

«C'est l'une de mes expositions les plus récentes. Je l'appelle « Quatre saisons dans une petite ville ». C'est un projet d'abstraits illustrant le printemps, l'été, l'automne et l'hiver ici à Oak Valley. Je l'ai basé exclusivement sur l'ambiance de chaque période de l'année à travers des teintes et des textures.

« C'est pour ça que c'est si... » Elle agite les mains et plisse les yeux comme si elle devait travailler pour trouver quelque chose de gentil à dire. « Couvert de taupe ? »

« Taupe est proche, je suppose. Les nuances que j'ai utilisées étaient le lin chamois, l'ivoire, la vanille et l'ocre.

"Ocre?"

"Ouais, c'est une sorte de jaune brunâtre foncé."

Elle scrute ma toile. « C'est censé concerner une certaine saison ? Lequel?"

"Vous ne pouvez pas le dire?"

"Il ne fait pas assez lumineux pour l'été, trop fade pour être l'automne."

"Ah," je lève un index, "mais la fin de l'automne et l'hiver, c'est cette combinaison de couleurs. C'est dans les pelouses et l'aménagement paysager des gens. Cela fait partie des champs périphériques ainsi que quelques arbres et arbustes. Pour moi, cela signifie la fin de l'automne, après que tous les arbres ont perdu leurs feuilles.

Elle penche la tête d'un côté à l'autre comme si elle réfléchissait à cela et, presque à contrecœur, elle hausse les épaules et fait un subtil mouvement de tête. Je prends cela comme une victoire.

«Je m'appelle Sam Baldwin et voici ma galerie», suis-je obligé de lui dire. « Ce groupe de peintures ne représente qu'un seul aspect de mon travail. J'organise ici ce samedi un grand spectacle d'ouverture pour mes nouveaux projets inédits, ainsi que quelques sélections d'autres artistes géorgiens. Vous devriez venir, mademoiselle...

— Sizemore. Amanda Sizemore.

"Amande." Son nom sort de ma langue. Cela lui va bien. « J'aimerais vous y voir. Viens me trouver si tu décides de passer.

Elle recule d'un pas, semble reconnaître que ce serait une mauvaise idée et pivote.

"Peut être que je le ferais."

Chapitre 3

Amanda

Je maintiens un rythme rapide alors que je me dirige vers la Creative Gallery. J'essaie de ralentir un peu, mais j'ai hâte de revoir Sam à contrecœur. Malgré sa personnalité abrasive, je ne peux ignorer l'attirance que je ressens. Et le fait qu'il soit sexy comme un péché n'est pas une chose mineure à ce stade.

Le soleil se couche alors que je m'approche du tableau blanc recto-verso installé devant l'entrée.

L'artiste géorgien de renom Sam Baldwin présente ce soir sa collection « Quatre saisons dans une petite ville » de 19h à 21h. Hors-d'œuvre fournis par The Blue Heron.

Il est déjà huit heures cinq lorsque j'ouvre la porte vitrée et me glisse à l'intérieur. Je n'ai entendu que des éloges pour The Blue Heron et Violet Dean. Le menu est dominé par les plats du Sud avec une touche française classique. Et depuis que j'ai sauté le dîner pour m'entraîner et que j'ai pris une douche avant de venir ici, je meurs de faim.

Lorsque les plateaux de hors-d'œuvre défilent, les arômes salés et sucrés sont trop nombreux pour que je puisse les refuser et j'en prends quelques-uns. D'élégantes flûtes de champagne en cristal suivent rapidement, alors j'en saisis une aussi. Je grignote et sirote, et wow, ils sont délicieux, d'où tous les délires que j'ai entendus.

C'est parfaitement logique.

Ces amuse-gueules sont une sorte de mini-muffins au crabe, au pain de maïs et au pain de maïs, et ils sont si délicieux que lorsque l'un des serveurs passe à nouveau, j'en demande deux de plus. J'admire mon environnement tandis que je termine mon champagne, posant le verre vide sur un plateau qui passe et l'échangeant contre un verre plein.

En le renversant, je scrute la pièce. Il y a beaucoup plus d'œuvres d'art qui remplissent les murs, ainsi qu'une poignée de sculptures sur des socles disposées stratégiquement autour de la pièce. Ceux-ci sont tellement différents de ces conneries médiocres et franchement ennuyeuses que Sam peignait l'autre jour que je me demande lesquels sont les siens et lesquels viennent des autres artistes qu'il a mentionnés.

Ensuite, je remarque des pancartes de la taille d'une carte de visite à côté de chaque œuvre. Le tableau juste devant moi porte cette carte à côté :

Samuel R. Baldwin
« Sans titre », 2022
Acrylique sur toile.

Ces pancartes se trouvent à côté de chaque tableau sur cette section de mur, et en me promenant, je vois que probablement quatre-vingts - cinq pour cent de ces pièces lui appartiennent. Il n'y en a qu'une petite partie qui ne le sont pas, ainsi que les sculptures. C'est quelqu'un qui s'appelle Jamie Gonzalez.

Cela fait beaucoup de toiles à peindre pour une seule personne.

De plus, ils sont tous réalisés dans des styles différents. Ses séries saisonnières pourraient ne pas me plaire en raison de leur coloration terne, mais ces autres sont magnifiques. Il existe une série axée sur les animaux en tant que sujets qui semblent si réels que je peux toucher la toile et sentir une fourrure ou des plumes honnêtes. Ils sont remarquables. J'admire celui d'un chat et d'un chien recroquevillés autour d'un robinet extérieur avec une gloire du matin enroulée autour du tuyau. Les nuances violettes de la fleur et les rayures et taches sur les animaux donnent vie à l'ensemble du tableau.

Si c'était autorisé, j'essaierais peut-être de les caresser pour voir si leur fourrure est aussi douce qu'elle en a l'air.

Je cligne des yeux en voyant ma flûte à champagne, qui est à nouveau vide. Peut-être que j'ai bu ça un peu trop vite. Ou peut-être que c'était mon troisième champagne plutôt que mon deuxième. La pièce ne tourne pas exactement, mais elle ne reste pas non plus parfaitement immobile comme elle le devrait. Mais je vais bien. Pas de soucis ici. Je me sens plutôt bien, en fait.

Je porte ma version des vêtements haut de gamme sous la forme d'une robe d'été vert pâle unie et de chaussures plates beiges - je porte toujours des chaussures plates - mais alors que je fais un pas de plus, je vacille sur le côté. Je vérifie le parquet pour déceler les incohérences qui auraient pu le rendre inégal, mais je n'en trouve aucune.

Peu importe.

Un autre plateau de champagne plane à proximité, alors je remplace à nouveau mon vide par un plein. Je ne me gâte jamais et cette opportunité est trop belle pour la laisser passer. Je me dirige vers un tas d'études d'objets, du type qui présentent un seul objet sur une table ou un tabouret. Il y a une paire de gants de jardinier si finement réalisés que j'ai l'impression de pouvoir retirer un minuscule morceau de peluche et une balle de baseball à l'intérieur d'un vieux gant qui semble prêt à être lancé.

Je reviens près de ces nus que j'ai vus l'autre jour. Je n'avais pas prévu de revenir sur cette section, mais quelque chose dans la tentation risquée de tout cela m'interpelle. Je ne suis pas couché depuis trop longtemps, et même si j'apprécie mon temps avec mon vibromasseur, un amateur de latex mousse fonctionnant sur batterie n'est pas la même chose qu'un vrai amateur de latex.

Une autre femme se tient à environ un mètre cinquante de moi et examine les croquis au fusain. Je me penche vers elle et lui donne un coup de coude.

"Impressionnant, hein?"

Elle émet un bourdonnement, puis dit : « Tout à fait. La technique est de premier ordre.

Nous regardons tous les deux sans honte celui du gars avec les déchets sombres, alors je ris. "Bien sûr, mais je parle de me mettre entre les draps avec quelqu'un comme ça. Je doute qu'il décevrait. Ai-je raison?"

Apparemment, elle n'est pas d'accord parce qu'elle m'en éloigne, mais je trouve cela plus hilarant que rebutant.

« Amanda », vient une voix, masculine, et j'arrête de me gifler le genou assez longtemps pour comprendre que nul autre que Samuel R.

Baldwin – le maître artiste lui-même – s'adresse à moi. Et mec, il est beau. C'est ennuyeux.

Une expression ironique plisse son visage. "Je suis incroyablement beau?"

Merde sur un cracker, j'ai dû le dire à voix haute.

«Je ne fais que marmonner pour moi-même. Comment se passe votre émission ?

"Excellent", répond-il en me reluquant de haut en bas. Ou je pense qu'il l'est. Pour une raison quelconque, la pièce qui était restée immobile jusqu'à présent a commencé à se soulever comme un navire de guerre. Je tends un bras pour me stabiliser et il le prend. "Ça va?"

"Bien sûr."

« Combien de champagne as-tu bu ? »

Je regarde ma main et réalise que je tiens toujours ma flûte. Je le mets derrière mon dos comme un écolier coquin surpris en train de voler des biscuits dans le pot à biscuits.

"Euh, juste quelques-uns." Ou quelques-uns. Plusieurs, en fait.

Il rit. « Au moins, tu as l'air de t'amuser. Je t'ai vu aller en ville avec ces beignets de crabe il y a quelques minutes.

Je me hérisse. Que dit-il? Que je mange trop ? Que parce que je suis grand, je suis trop grand dans l'ensemble ? Il m'a fallu des années pour porter une variation de la couleur verte comme je le fais ce soir parce que les intimidateurs adoraient m'appeler le Jolly Green Giant.

"Pourquoi est-ce important?" Je craque.

Il lève les mains comme un criminel. «Je n'ai pas dit que c'était le cas. Juste faire la conversation."

"Eh bien, M. High et Mighty Creative Type, vous devriez savoir que vous êtes nul dans ce domaine." Je fais signe à Sam avec ma main libre, mais je tombe sur lui. Il m'attrape et tandis que je regarde dans ses yeux, j'essaie de comprendre comment cela s'est produit.

"Okaaay", il tire le mot, "allons te chercher de la caféine et encore de la nourriture." Il me conduit par le bras hors de l'aire de vente de la galerie et vers un coin avec une porte qui dit « Privé ». Le fait qu'il me maltraite devrait être irritant, je le sais, mais ce n'est pas le cas. La chaleur de sa main imprègne mon bras pour rayonner à travers tout mon torse – et plus bas.

Où m'emmène-t-il et que va-t-il faire une fois arrivés ?

Mais cette pièce dans laquelle nous sommes entrés n'est pas du tout privée. Elle semble servir de cuisine temporaire. Et plutôt que de réagir, il crie en élevant la voix.

« Bonjour, pouvons-nous prendre un café ici, s'il vous plaît ? Aussi fort que possible. De plus, si vous avez d'autres petits fours, prenez-les aussi.

"Tout de suite, M. Baldwin."

Non seulement un serveur apparaît en un clin d'œil pour apporter du café dans une grosse tasse blanche, mais Violet Dean le fait aussi. Je la reconnais grâce à sa photo dans les reportages locaux en ligne sur son restaurant chic d'inspiration française.

"Tout va bien, Sam?" lui demande-t-elle en posant une paume sur son avant-bras, et pour des raisons qui sont pour moi un mystère total, une pointe de jalousie me traverse le ventre.

Mais qu'est-ce qui ne va pas chez moi? Ce mec est un étranger. De quel droit ai-je des sentiments d'une manière ou d'une autre à son égard ?

«Je pense que quelqu'un est un peu ivre», dit-il en écartant son pouce et son index d'environ un pouce. Je louche, me demandant à qui il fait référence. Ce n'est que lorsqu'il me tend cette tasse à café et une assiette dorée avec une pile de gâteaux glacés miniatures qu'il comprend qu'il parle de moi.

«C'est scandaleux. J'ai raison comme la pluie. Malgré cela, je vole un petit-four et le jette dans ma bouche.

Ooh, noisette. Délicieux.

"Euh-huh", dit Sam en haussant un sourcil. Merde, il est joli. Je suis presque certain que tous ces cils foncés sont plus longs que les miens.

"Je te croirai si tu peux marcher d'ici à cette table sans trébucher sur tes propres pieds."

"Bien sûr, je peux. Je suis un athlète.

"Tiens, tu ferais mieux de me remettre cette tasse."

Je saute, vacille un instant, puis, les bras tendus comme si je marchais du talon au pied sur une corde raide, je me dirige vers la destination prédéterminée. C'est insultant qu'il remette en question mon bien-être. Je sais ce que je peux et ce que je ne peux pas gérer.

Pourtant, la table continue de bouger sur moi. De plus, la pièce semble s'incliner à mesure que je m'éloigne. En fin de compte, mes jambes s'avèrent peu fiables alors que Sam se précipite pour me soutenir.

Eh bien, c'est décevant.

"Pourquoi ne restes-tu pas ici", propose-t-il, "et je serai de retour dans un instant."

J'acquiesce en sirotant le café qu'il m'a rendu et, une fois qu'il est parti, j'avale le dessert comme s'il était démodé. Je regarde le personnel de restauration faire ses valises, et plus tôt que prévu, Sam est de retour, remerciant les traiteurs et Violet Dean.

« Ravi de vous revoir, Vi, et merci pour vos offres spectaculaires. Je serai bientôt près du Héron.

Il lui offre une brève étreinte et je dois détourner le regard. Mais ensuite, nous sortons à nouveau tous les deux dans la galerie. Tout le monde est parti, et quand nous passons à côté de ce tableau du chat et du chien, je fais un détour par là. Il est obligé de m'accompagner puisqu'il me guide par la taille.

J'aime celui la. Combien? Tous disent « prix sur demande ». »

Il décroche la toile de son accrochage au mur. "Pour vous, c'est gratuit."

"Pourquoi?"

« Parce que ça t'a conquis. Je n'aurais pas cru cela possible si je ne l'avais pas vu de mes propres yeux. Il actionne un interrupteur, éteignant les lumières illuminant l'œuvre d'art ainsi que les grands luminaires suspendus. "Où est ta voiture ?"

« Je ne l'ai pas apporté. Je me suis approché. Je n'habite pas loin.

"Laisse-moi te conduire."

"Ce n'est pas nécessaire."

"Je ne suis pas d'accord."

Je me penche pour lui murmurer à l'oreille qui, comme il est plus petit, est juste là. "Ooh, j'adore quand tu mendie." J'ai le hoquet, ce qui me fait rire.

Je ne ris jamais. Je ne suis pas du genre à rire. Pourtant, nous y sommes.

Ses yeux déjà sombres s'assombrissent encore davantage, mais tout ce qu'il dit c'est : "Tu ne veux pas gâcher ce tableau, n'est-ce pas ?"

Comme je ne le fais pas, je monte dans son SUV Ford. Je sais ce que les gens disent à propos de monter dans le véhicule d'un inconnu, mais techniquement, après ce soir, je peux l'appeler une connaissance. Du moins, c'est ce que je me dis.

Avec mes indications, il me conduit à travers les trois pâtés de maisons jusqu'à chez moi, idéalement situé au coin du lycée où j'enseigne l'éducation physique.

« Merci de m'avoir ramené à la maison. Oh, et pour ça. J'indique le tableau.

« Restez sur place », est sa réponse, et je ne sais pas pourquoi jusqu'à ce qu'il apparaisse à ma porte pour l'ouvrir. Il me tend la main pour m'aider, et lorsque ma démarche n'est pas stable, il m'escorte comme un gentleman jusqu'à mon porche.

"Tu es terriblement gentil avec moi", je fais remarquer, et il sourit.

"Je vais juste vous montrer un peu de cette hospitalité du Sud pour laquelle la Géorgie est connue."

Même s'il n'y a que deux marches à monter, j'en rate une et je manque de prendre la tête. Mes réflexes rapides me permettent de me rattraper, mais au lieu de m'accrocher à la balustrade, je finis par m'accrocher à son collier. Nous restons là, maladroitement, les jambes écartées entre les deux hauteurs de l'escalier, sa chemise dans mon poing et nos visages à quelques centimètres l'un de l'autre. Je ne sais pas pourquoi il fait ça, mais une fois qu'il nous pose sur le perron principal, il réduit la distance et m'embrasse.

Ce n'est qu'un bref baiser de lèvres à lèvres, mais il recule comme s'il était consterné. Mais ce n'est pas le cas.

En fait, j'en veux plus.

Alors, je tire sur son col et presse mon visage contre le sien. Des arcs électriques se forment entre nous, grésillant dans l'air comme un éclair, et j'ouvre la bouche pour chercher sa langue. Il s'ouvre aussi, me laissant entrer, et nous nous efforçons de dominer tandis que mes mains s'enroulent autour de son cou pour se glisser dans ses cheveux et qu'il glisse le long de ma taille pour frotter avec une pression bienheureuse sur tout mon torse.

La sensation de ses pouces effleurant les côtés de mes seins me fait mal et j'enfonce ma langue plus loin, goûtant la noisette des petits fours qu'il a dû manger plus tôt. Je frissonne, même s'il ne fait même pas froid, et mes tétons se contractent en petits cailloux. Mais c'est son durcissement contre ma hanche qui me fait me sentir beaucoup plus alerte. Si je n'arrête pas ça maintenant, nous ne nous arrêterons pas du tout, alors je me sépare de lui, analysant son expression de désir sauvage, ses cheveux ébouriffés à cause de mes soins.

Respirant comme des sprinters olympiques, nous nous regardons dans le bassin oblong de la lumière de mon porche.

Est-ce qu'on vient vraiment de s'embrasser comme deux adolescents excités le soir du bal de fin d'année ?

« Je dois… » Je montre ma porte et me retourne, fouillant dans mes poches à la recherche de mes clés. Il me faut une minute pour les localiser, puis trois tentatives pour déverrouiller la porte. Je me retourne pour le regarder.

"Ouais. Euh, prends soin de toi. Je te verrai dans les environs, » déclare-t-il vaguement. Puis il traverse mon jardin, monte dans son SUV et disparaît dans la rue.

Chapitre 4

Amanda

Lundi, j'ai dépassé la gueule de bois qui me harcelait la veille. Ironiquement, je suis un poids léger en matière d'alcool, et ces trois, d'accord, quatre, coupes de champagne m'ont fait tomber.

Plus jamais.

Plus jamais.

Je fais faire à mes étudiants de deuxième année une course d'obstacles lorsque le directeur, Gregory Townsend, me fait signe.

"Quelqu'un vous a parlé du mixeur chez Harrison Walcott ce week-end, Amanda?"

"Non monsieur." La dernière chose que je veux, c'est un autre week-end social après avoir foiré de manière aussi spectaculaire avec Sam Baldwin. Que doit-il penser de moi ?

« Eh bien, il faut que vous veniez. Habituellement, je rencontre tous les professeurs de première année avant maintenant, mais comme tu es ici dans le gymnase la plupart du temps, cela m'est sorti de l'esprit. Désolé pour ça. J'ai pensé que je ferais mieux de venir ici pour vous le faire savoir après que Beth me l'ait rappelé.

Fantastique-tastique. De toute évidence, il n'y a aucun moyen de s'en sortir.

« C'est à la fois un barbecue dans la cour et une réunion. Non seulement tous les nouveaux enseignants de cette année seront présents, mais le conseil scolaire et la Chambre de commerce d'Oak Valley seront également présents. C'est informel, alors ne vous inquiétez pas d'une robe de soirée ou autre. Il rit un peu à sa blague évidente. « Présentez-vous simplement prêt à être reconnu pour avoir rejoint notre équipe. Ce sera un bon moment. Je promets."

Comme si la semaine elle-même était consciente de combien je redoute ce mixeur, il zappe comme Michael Jordan à son apogée. Avant de m'en rendre compte, j'ai enfilé un haut sans manches, une jupe longue fuchsia et des sandales et je me fraye un chemin dans ma petite Honda Civic dans un immense cercle. Je cherche un parking lorsqu'un homme vêtu de noir et blanc apparaît dans la voie. Il ouvre la portière côté conducteur et me tend la main, ce que je ne peux m'empêcher de froncer les sourcils.

"Qui es-tu?"

« Le voiturier, mademoiselle. M. Walcott a aménagé des zones de stationnement désignées afin que le quartier ne soit pas trop encombré. Il s'arrête un demi-battement de cœur, tendant toujours la main. "Puis-je vous aider à sortir de votre voiture?"

Je n'ai jamais fait l'expérience d'un service de voiturier, et le fait de le proposer dans la résidence personnelle de quelqu'un m'époustoufle. Ne voulant pas révéler ma totale ignorance du cabinet, je lui permets de m'aider. Je dois cependant bouger avec hésitation, car le voiturier sourit comme pour m'apaiser.

« Je m'appelle Stan. Quand tu seras prêt, je ramènerai ta Civic à proximité de Split. Pas de soucis."

Sans rien dire, je prends du recul alors qu'il conduit mon seul moyen de transport hors de vue. Je suis toujours énervé par ce concept lorsque je lève les yeux – et vers le haut – vers le manoir où se déroule ce soi-disant barbecue dans la cour. Je l'ai aperçu de loin alors que je m'avançais dans l'allée, mais être à dix mètres de sa façade est un tout autre avantage.

Je pensais que ce serait la maison de quelqu'un, et peut-être que M. Walcott vit ici. Mais à mon avis, il s'agit moins d'une maison que d'un putain de manoir. Sa façade en briques brunes est audacieusement solide avec une travée de fenêtres régulièrement espacées dominant l'extérieur. Il y a des fenêtres à pignon au-dessus de la ligne de toit du troisième étage et un dôme de style jeffersonien au-dessus du porche à piliers avec des doubles portes blanches.

Pour moi, cela devrait être un bâtiment gouvernemental, ou peut-être le siège du comté, et non une simple résidence où l'on pose les pieds.

Quoi qu'il en soit, malgré son architecture intimidante, je m'approche des portes pour qu'elles s'ouvrent immédiatement sans même avoir à sonner. Un homme se tient là, vêtu de noir de la tête aux pieds, et je me rends compte que ce mec est un majordome. Oak Valley est une ville d'environ vingt-cinq mille habitants. Je n'aurais jamais pensé qu'il y aurait des maisons luxueuses employant à la fois un valet and a majordome.

C'est ainsi que vit l'autre moitié.

Le majordome m'accompagne à travers des pièces incroyablement extravagantes mais confortables jusqu'à l'arrière-cour, où je trouve des marches qui mènent au rez-de-chaussée. Là, dans les limites d'une pelouse bien entretenue qui pourrait appartenir à un parc municipal, se trouve une terrasse surélevée avec un grill, un patio paysager et un sentier dallé qui serpente comme la route de briques jaunes, des bourgeons rouges et des cornouillers en fleurs, ainsi que quelques chênes élevés.

En outre, la foule ici pourrait rivaliser avec celle trouvée lors de la plupart des matchs de basket-ball universitaire.

Je vois le principal Townsend, et comme c'est pour lui que je suis ici, je me précipite.

« Amande. C'est gentil de votre part d'être venu », me salue-t-il, comme si j'avais le choix.

"C'est agréable d'être ici."

"Marsha, voici Amanda Sizemore, notre nouvelle professeure d'éducation physique et coach de filles."

Je n'ai aucune idée de qui est cette dame Marsha, mais elle semble me connaître.

« Es-tu celui qui a joué en WNBA ? » » demande-t-elle, avec des yeux curieux et brillants et un sourire impeccablement immaculé.

«Eh bien, pas exactement. J'ai essayé mais je n'y suis pas parvenu, j'en ai peur. J'offre mon propre sourire, mais intérieurement, je suis sous le choc, comme si j'avais reçu un coup de poing. C'est un énorme point sensible pour moi d'avoir tenté de réaliser le rêve de ma vie et d'échouer si lamentablement. Devoir admettre la vérité à un étranger est une insulte à l'injure.

"Aww, c'est dommage", sourit Marsha. "Vous avez certainement la stature physique pour cela."

«Oui», m'enthousiasme-je avec une fausse joie. Que puis-je dire d'autre? Les faits sont des faits, et je suis grand. La cerise sur le gâteau, c'est que mon nom de famille est Sizemore, ce qui a longtemps semblé être un odieux coup du sort.

Les femmes qui mesurent environ cinq pieds deux pouces n'ont aucune idée de la chance qu'elles ont. Mais ils n'excellent généralement pas au basket-ball, n'est-ce pas ? Je laisse échapper un long soupir et j'essaie de compter mes bénédictions.

Un semblant de cette même conversation se répète alors que le directeur me présente. Je devrais vraiment être habitué à ça, mais ça pique quand même. Je serai toujours la fille qui a été victime d'intimidation, toujours l'athlète ratée. Je serai toujours cette femme dégingandée qui domine toutes les autres personnes présentes dans la pièce. Et personne ne semble comprendre que ce genre d'interactions peut être humiliante.

Pourquoi ne puis-je pas simplement être ce foutu professeur d'éducation physique que tous les enfants connaissent sous le nom de Coach S ?

Je m'excuse auprès du directeur en prenant une pause aux toilettes au bon moment, en l'entendant crier : « N'oublie pas de revenir bientôt. Harrison va bientôt commencer son discours.

Je ne sais pas ce que tout cela va entraîner, et pour le moment, je m'en fiche. J'ai besoin de temps seul. Quand je sors des toilettes, je me dirige dans la direction opposée à celle où Harrison tient sa cour avec l'autre nouveau professeur cette année. En passant devant les tables de restauration près du grill, je prends un hot-dog et une bière blanche légère pour allaiter - je n'ai pas besoin de répéter le champagne - et je pose mes fesses sur un banc intégré sur la terrasse à l'arrière de le domaine.

Je laisse échapper un long souffle lorsque personne ne vient s'attendre à ce que je socialise. Être assis a l'avantage supplémentaire de camoufler ma taille, et je commence tout juste à me détendre un peu lorsque j'entends des voix s'échapper d'une fenêtre surélevée à proximité.

"Belle diffusion comme toujours, Harrison. Comment va le genou ?

Attendez. Je connais cette voix. La voix de Sam Baldwin. Bon sang. Condamner. Condamner. Condamner. C'est la dernière personne que j'ai besoin de voir en ce moment.

Harrison – sans aucun doute le même Harrison Walcott qui vit ici – grogne.

« Ça va mieux, mais tout ira bien. J'aurais dû laisser cette stupide balle de golf rester perdue dans les bois. Donc, j'ai entendu dire que votre émission a été un succès.

"C'était. Mon meilleur de tous les temps. Bonne participation à la réunion d'aujourd'hui également.

« Oui, un temps agréable avec de la nourriture et de l'alcool gratuits ont tendance à attirer les foules. Vous avez remarqué cette grande blonde ? Celui qui est nouveau en ville ? Harrison explose et je me recule encore plus sur le banc. Pourquoi m'élève-t-il ?

« Amanda Sizemore est là ? demande Sam.

Je ferme les yeux, souhaitant pouvoir disparaître.

"Tu la connais?"

"Un peu. Je l'ai rencontrée une fois alors qu'elle s'arrêtait à la galerie, puis je l'ai invitée à mon vernissage. J'essaie d'avaler mais ma gorge est devenue sèche. S'il te plaît, ne lui raconte pas comment je t'ai embrassé en étant ivre. S'il vous plaît, s'il vous plaît, s'il vous plaît...

« Ouais ? Est-elle venue ?

"Oh oui. Je l'ai surprise en train de traîner près de l'exposition de nus au fusain. Disons simplement qu'elle se démarque dans la foule.

Pourquoi devait-il mentionner où je traînais ? Pourquoi ? Et que veut-il dire par « se démarquer dans la foule » ?

« Ah », déclare sagement Harrison. « Alors, c'est comme ça, hein ? »

"Peut-être", confirme Sam, mais même si je ne suis pas sûr de savoir à quoi il fait référence, mes entrailles se ratatinent. « Elle est intéressante. D'ailleurs, ce n'est pas tous les jours que je rencontre une femme que je ne peux pas regarder dans les yeux à moins de pencher la tête en arrière si elle porte des talons.

Harrison éclate de rire. "C'est une bonne chose que tu sois en sécurité dans ta masculinité, alors."

"Bonne chose." Sam joue franchement avec un air impassible, puis ils éclatent chacun en gloussant.

Ils parlent de moi comme si j'étais une bizarrerie, et ça m'énerve. Comment osent-ils? Aucun d'eux ne me connaît. Pourtant, quand je repense à mon comportement avec Sam, je grince des dents. C'est pour ça que je suis célibataire. Trop souvent, avoir affaire à des hommes me fait énormément mal au cul.

Jetant le reste de mon hot-dog, je quitte la terrasse et me dirige vers le côté du domaine, me cachant près de la clôture d'enceinte. Cela ne doit pas être loin du Circle Drive car j'entends davantage de transactions se produire entre Stan le voiturier et d'autres participants. J'envisage sérieusement de m'enfuir. Quel est le pire qui pourrait arriver si je le fais ?

Bien sûr, mon cerveau se tourne vers les pires scénarios. Comme si je perdais mon emploi.

Cela entraînerait alors une perte de fonds personnels qui pourrait mettre en péril la réalisation de mon programme de maîtrise. Donc je ne peux pas fuir. J'ai fait trop de progrès pour jeter négligemment ce que j'ai gagné.

Depuis que j'ai dû me contenter d'un rêve secondaire après avoir perdu l'accès à mon rêve initial, je me suis fixé pour objectif de devenir à terme coach. J'aime mes étudiants et j'aime enseigner en général, mais j'ai l'impression qu'entraîner le basket-ball féminin serait une solution encore plus idéale pour moi. C'est dans la même veine que ce que je fais actuellement, mais avec l'avantage supplémentaire d'une rémunération beaucoup plus élevée, notamment au niveau universitaire. Autant mettre à profit les compétences que j'ai accumulées.

Quand j'entends la voix distinctive d'Harrison Walcott résonner dans la foule, je soupire et rentre dans la cour, restant autant que possible à la périphérie. J'essaie également de localiser Sam mais il est introuvable.

Est-il parti ?

En espérant que oui, je me connecte aux annonces du propriétaire. Tout d'abord, il présente tous les membres de la Chambre de commerce d'Oak Valley, afin qu'ils soient reconnus tandis que tout le monde applaudit. Puis, il réitère ce geste auprès de la commission scolaire, suivi des enseignants de première année. Comme il ne s'agit que de moi et d'une autre femme, une femme qui a l'air d'avoir environ douze ans mais qui est probablement dans la vingtaine, je ressens beaucoup d'examen déterminé.

Dès que cette partie un peu pénible est passée, je sais que j'ai rempli mon devoir. Je fais signe au directeur et je retourne à pied dans la maison en suivant la même trajectoire que celle que le majordome m'a montrée.

Heureusement, je ne le détecte nulle part. Malheureusement, la main de quelqu'un se pose sur mon épaule. Une main masculine.

Celui qui m'a déjà touché une fois.

Je ferme les paupières comme si cela me permettait de disparaître. Flash info : ce n'est pas le cas.

« Et voilà, » déclare Sam, semblant légèrement essoufflé. Qu'a-t-il fait, pour me poursuivre ? "J'ai failli ne pas t'attraper avec ton sprint si rapide."

«Je ne sprinte pas», je proteste, même si je l'étais fondamentalement. Je croise les bras sur ma poitrine. Je comprends qu'il s'agit d'une mesure défensive, mais je n'arrive pas à m'en empêcher. Mes poils sont levés. "Même si je suis sur le point de sortir."

Cela ne le dérange pas.

« Pourquoi se dépêcher ? Pourquoi ne te mêlerais-tu pas à moi pour faire connaissance avec certains de mes amis ? demande-t-il comme si nous avions un passé ensemble ou quelque chose du genre. Comme s'il y avait quelque chose de plus entre nous qu'il n'y en a. Je me mords l'intérieur de la joue pour ne pas lui lancer un regard noir.

Cela m'exaspère qu'il puisse être aussi cool qu'un concombre alors que la dernière interaction que j'ai eue avec lui m'a fait prendre feu.

"Je ne pense pas que ce serait sage." J'essaie de partir en trombe, mais il parvient à me suivre. Voilà pour moi de le devancer tout en préservant ma dignité. Il sécurise mon coude, et même s'il ne l'a pas serré fort, je le retire de sa prise. Il me libère immédiatement.

« Ça vous dérangerait de me dire pourquoi ?

"Parce que j'ai entendu ce que tu as dit."

"Ce que j'ai dit?" Il a l'air déconcerté. "Qu'est-ce que j'ai dit quand?"

"Pas grave." C'est inutile. Inutile et stupide. Ridicule.

"Non je t'en prie." Il tend la main à nouveau et je lui lance un regard mortel avant qu'il ne puisse établir le contact. Il s'arrête brusquement. "Je ne comprends pas."

Je sors une page du livre de mon premier entraîneur et pose mes mains sur mes hanches.

«J'ai entendu votre petite conversation avec Harrison Walcott. Celle sur le monstre qui est si grand qu'elle se démarque apparemment dans la foule. La femme qui mérite d'être ostracisée. Celui sur moi.

Ses sourcils se plissent. "Je ne t'ai jamais traité de monstre ni dit que tu devrais être ostracisé."

"C'aurait tout aussi bien pu."

"Mais c'est..." souffle-t-il alors que ses mots s'éloignent. "Ce n'est pas juste. Nous parlions de toi parce que je te trouve magnifique et fascinante, Amanda. Vous vous démarquez, et même si cela tient en partie à votre taille, ce n'est pas la seule raison. Ce n'est même pas la raison principale.

"Mais je suis plus grand que toi."

"Donc?"

"Donc, les hommes n'aiment pas ça." Demandez-moi comment je le sais. « Et en plus, vous étiez tous les deux moqueurs. Vous vous moquiez de moi.

« Harrison se moquait de moi. Il est un de mes amis depuis des lustres et sait que je sors généralement avec de petites femmes ressemblant à des lutins, pas avec des beautés sculpturales comme vous.

Il prend ma main dans la sienne, effleure le dos de ses jointures le long de mon bras nu. Je ressens un frisson qui me secoue de la tête aux pieds, faisant perler mes tétons. Au diable la réaction incontrôlable de mon corps à son égard.

"Tu te souviens de notre baiser de l'autre soir?" demande-t-il, et j'acquiesce. Comment pourrai-je oublier? Pourtant, maintenant, je peux le voir sous un jour moins mortifiant. Je pensais qu'il me jugeait, mais et si c'était une mauvaise conclusion à laquelle tirer ? "Eh bien, j'aimerais répéter."

Maintenant, il passe ses paumes le long de mes deux bras. Je regarde son visage, mais je le sens bouger lentement ses mains de haut en bas sans s'arrêter.

Pourquoi est-ce que je me bats encore contre ça ?

Je ferme les yeux en signe de consentement, et alors qu'il approche ses lèvres des miennes, je peux sentir la peau qui court le long de sa mâchoire inférieure râper contre mon menton. Ce n'est pas non plus une râpe désagréable. C'est le genre d'abrasion qui gratte juste assez pour lui attirer toute ma conscience. Il me rapproche pour que la solidité de ses becs se pose contre mes seins, et je halete, aspirant à en savoir plus.

Ses iris sombres fondent, tout comme l'espace entre mes cuisses, et il faut que quelqu'un se racle la gorge derrière nous pour demander à passer avant que je réalise que nous nous trouvons dans un couloir très public.

«Rentre à la maison avec moi», me murmure-t-il à l'oreille, et je suis stupéfait qu'une partie de moi veuille dire oui. Mais la partie la plus intelligente de moi est plus forte et résiste.

« Je ne sais pas si c'est un plan solide. On se connait a peine."

Alors sors avec moi pour que nous puissions changer ça."

"Quand?"

"Maintenant."

Je lui donne un coup au sternum, qui pourrait tout aussi bien être en granit. Comment un artiste a-t-il pu obtenir ce putain de buff ?

"Sois sérieux."

"Je suis sérieux. As-tu déjà mangé?"

Je grimace. «J'ai bu une bière et une bouchée de hot-dog.»

«C'est ce qui est génial chez Harrison. Il est riche comme de la merde mais ne sert jamais de nourriture de grande qualité. Certains le qualifient même de bon marché, mais personne ne s'en détourne jamais.

Ses yeux sombres pétillent sur moi, toujours en fusion. Comment fait-il ça? C'est comme s'il scrutait mon âme.

"Viens chez moi." Il continue ses tentatives pour me persuader, son souffle s'étendant sur mon oreille, mon cou et ma gorge. Je frissonne encore une fois. "Je vais cuisiner pour toi, quelque chose d'encore plus savoureux que des hot-dogs de style approximatif. De cette façon, je peux vous montrer davantage ce sur quoi je travaille. Je veux aussi en savoir plus sur le mystérieux professeur d'éducation physique qui n'est ici que depuis quelques mois. Découvrez ce qui la motive.

M'entraînant dans un couloir voisin et un peu plus clandestin, il me mordille juste en dessous de l'oreille et je frémis. Je n'arrive pas à croire qu'il ait fait ça, mais malgré cela, j'ai hâte d'en savoir plus.

Tellement plus.

«Ouais, d'accord. Allons-y."

Chapitre 5

Sam

Je suis tenté de dépasser toutes les limites de vitesse en ville sur la route du retour chez moi, impatient au-delà de toute mesure d'être avec Amanda. Et toutes mes inquiétudes quant au fait qu'elle ne me suive pas s'évaporent lorsque je la vois s'arrêter derrière moi dans une berline Honda bordeaux.

Je souris dans mon rétroviseur, qu'elle puisse me voir ou non.

Quelque chose en elle m'appelle comme une sirène. Je n'ai pas compris si c'est comme ça qu'elle me défie à chaque instant, si c'est de la chimie de base ou quoi, mais ma fermeture éclair coupe la circulation vers mon membre inférieur préféré rien que de penser à elle.

La seule chose à laquelle je peux penser, c'est ce qui pourrait se passer entre nous ce soir.

Nous arrivons ensemble, je l'aide à sortir de sa voiture et je la conduis chez moi en passant par le garage, heureux d'avoir terminé le projet que j'avais ici le mois dernier. Sinon, avec les peintures étalées tous les deux mètres sur le sol et les éclaboussures d'acrylique partout, on aurait plutôt eu l'impression qu'un enfant de la maternelle peignait au doigt ici plutôt qu'un professionnel.

Mais ensuite, Scuttlebutt prétend qu'elle est aussi une professionnelle, alors peut-être qu'elle comprendrait que mon travail se répercute sur ma maison. Une femme qui est une si excellente joueuse de basket-ball qu'elle a failli entrer dans la WNBA. Une femme poursuivant sa maîtrise en éducation. En tant que personne qui sait ce que signifie choisir un chemin qui n'est pas le plus facile, j'admire l'ambition. Amanda semble avoir cela à la pelle. J'aime ça. Beaucoup.

Pourtant, son insécurité s'est également fait connaître, et j'aimerais aller au fond des choses. Si les choses se passent comme je le souhaite, nous aurons tout le temps du monde pour explorer cela à une date ultérieure.

Maintenant, j'ai d'autres fers au feu.

« Que pensez-vous des sautés ? » Je lui demande, me forçant à me concentrer sur sa nourriture. Je ne veux pas l'effrayer, et il y a des preuves que dans certaines circonstances, elle peut présenter un risque de fuite.

"Je l'aime. Mais je suis allergique au tofu. Elle lève un sourcil et je comprends qu'elle n'aime vraiment pas ça.

« Avez-vous des allergies aux crustacés ? »

"Non. J'adore les fruits de mer.

"Alors ce seront les crevettes à la rescousse", dis-je en jetant des crevettes congelées dans mon wok avec un demi-bâton de beurre pendant que je l'assaisonne à mon goût. Une fois que le composant viande a la bonne texture, j'ajoute les fleurons de brocoli et les mini-carottes de mon réfrigérateur.

C'est pendant que je tranche des oignons que je la remarque en train de regarder depuis la porte de ma cuisine. Il s'agit d'une cuisine américaine qui, bien qu'étroite, signifie que tous mes ingrédients sont à portée de main.

Mais j'ai oublié quelque chose.

Hé, Alexa", je parle pour que mon système domestique d'IA détecte ma voix. "Mets ma playlist du week-end."

"Je joue la playlist du week-end", répond Alexa, et Amanda lève un sourcil.

"Intéressant, vous avez une playlist pour le week-end."

Je tends la lèvre inférieure et hoche la tête pendant que je finis les oignons. "Coupable. Toi ?"

"Pas tellement. Je suis plutôt du genre à passer chaque moment d'éveil que je peux sur le terrain de balle et j'écoute à peu près la même chose tous les jours.

"Hmm. D'accord. Y a-t-il d'autres talents cachés que je devrais connaître ? Je remue les sourcils.

"Eh bien, j'ai passé des années à m'entraîner pour avoir de la vitesse, de l'agilité et de l'endurance", murmure-t-elle, et bon sang, oui. J'aime une femme prête à donner ce qu'elle reçoit.

"L'avez-vous maintenant?"

"Oh, ouais", ronronne-t-elle, ses yeux vert pâle carrément sauvages. "Je dois aussi apprécier un homme qui a des compétences en cuisine."

À l'aide de ma spatule en bambou, je mélange mes ingrédients. Je fouille ensuite dans mon réfrigérateur pour récupérer à la fois la sauce soja et du chardonnay. En versant un peu de soja, je remue encore le repas, puis je saisis l'ouvre-bouteille pour ouvrir le vin. Une fois que deux verres à pied identiques sont à moitié pleins (je mets également du vin dans le wok), je lui en offre un, prends une gorgée et continue de mélanger les ingrédients du sauté.

Cela fait, je regarde Amanda, laissant mon regard plonger progressivement sur ses atouts galbés alors que je la baise ouvertement.

"Au fait, la cuisine n'est pas le seul endroit où j'ai des compétences."

"Non?" Elle fait un pas en avant mais reste hors de portée de ma portée.

"Non," je grogne. Je ne voulais pas ressembler à une bête hargneuse, mais attendre de l'attaquer jusqu'à ce que nous ayons consommé notre nourriture va être difficile.

J'ai mis du riz minute, heureux au-delà de toute mesure d'en avoir juste assez pour réussir, puis j'ai servi le tout. Nous avalons nos repas en toute hâte et, espérant qu'elle ressent le même besoin que moi, je lui tends la main.

"Danse avec moi?"

"Bien sûr."

Nous nous balançons au rythme sexy et mélodieux, ses bras enroulés autour de mon cou tandis que je rapproche ses hanches des miennes. En respirant son essence fraîche et propre, j'enfouis mon nez dans ses mèches blondes, mordillant le contour de son oreille. Nous ne couvrons pas beaucoup d'espace au sol car nous restons principalement au même endroit, et quand je bascule mon bassin contre le sien, mon érection plus qu'évidente, elle resserre sa prise. En plaçant mes pouces de chaque côté de ses lèvres, je l'encourage à s'ouvrir pour moi, puis à glisser ma langue dans sa bouche.

Elle goûte le chardonnay et notre dîner, mais aussi autre chose, quelque chose qui lui est propre, et je goûte sa langue jusqu'à ce qu'elle gémisse.

"Puis-je te toucher?" Je lui demande, le désir montant en moi comme un ballon, et quand elle hoche la tête, je me réjouis intérieurement.

Je garde mes hanches en rotation vers elle pendant que je taquine ses tétons par-dessus sa chemise en coton, aimant la façon dont elle halète et gémit.

Oui.

Je suis curieux de savoir pourquoi elle ne me touche pas encore, alors je la regarde dans les yeux pour trouver son désir ivre. Bon sang, c'est chaud. Par instinct, je retire une de ses mains et la place sur mon entrejambe dur, sachant qu'elle pourra sentir mon contour avec ses doigts.

Je ne sais pas à quel point elle est à l'aise avec les caresses, j'attends de voir ce qu'elle fait et je soupire joyeusement lorsqu'elle frotte de haut en bas sur mon pantalon de costume. Mais cela décuple mon urgence, et il est temps de passer au niveau supérieur.

«Je te veux», lui dis-je, en optant pour une transparence totale. Je ne suis pas du genre à tourner autour du pot, et physiquement, je ne peux rien lui cacher, de toute façon. Elle peut voir et ressentir l'effet qu'elle a sur moi.

"Alors, prends-moi." J'ai envie de l'encourager, mais ensuite elle presse sa paume plate contre mon épaule. "Si vous avez des préservatifs."

"Oh, je le fais." Le soulagement remplit ses traits et je me réjouis du fait que nous soyons sur la même longueur d'onde. "Je vais te déshabiller."

"Oh, s'il te plaît, fais-le. Je veux te voir te déshabiller.

"Je peux le faire." Elle s'arrête un instant et je me recule et la regarde dans les yeux. "Tout va bien ?"

« Euh, pourrions-nous déplacer cela dans une pièce où nous ne sommes pas devant une grande baie vitrée ? » Elle se tourne et regarde vers la pièce de devant de ma maison.

Bonne idée." Je ris en l'entraînant avec moi dans ma chambre.

Je prends mon temps pour retirer sa chemise par-dessus sa tête, puis baisser l'élastique de sa longue jupe rose vif. Elle a déjà retiré ses sandales, alors j'ai eu plaisir à la voir dans cet ensemble soutien-gorge et culotte en dentelle jaune citron. Si je n'étais pas quelqu'un habitué à la discipline et à la retenue, j'aurais peut-être joui rien qu'à sa vue. Pourtant, le contraste du jaune vif avec sa peau légèrement bronzée me donne envie de mon chevalet et de mes peintures.

J'aimerais pouvoir la capturer avec des coups de pinceau pour pouvoir garder ce souvenir pour l'éternité.

Je deviens absolument déterminé lorsque j'ouvre la fermeture avant de son soutien-gorge, exposant ses beaux seins, puis, laissant tomber mes pouces sur ses hanches, je baisse également sa culotte. Avec son corps révélé à moi dans toute sa splendeur, j'amène ma bouche d'abord à un mamelon, puis à l'autre, ses gémissements d'extase me faisant me sentir comme un super-héros.

Je la pose sur le lit et écarte ses jambes, me préparant à passer à la phase deux avec mes doigts, quand elle m'arrête.

"Et toi ?" elle halète. "Tu es toujours habillé."

Ah, si elle veut du tac au tac, je peux très certainement l'obliger. Déchirant sans ménagement mon pantalon, ma chemise, mes chaussettes et mon boxer, je me suis également mis à nu, ma bite pointée vers elle comme une flèche. Me sentant insensé maintenant, j'ai à peine le courage de poser ma prochaine question.

"Comme ça?"

Elle acquiesce. "Exactement comme ça."

Toute timidité disparue, elle se redresse et étend sa paume chaude, l'enroulant autour de ma tige, et, frissonnant, je prends ses deux mains et les pousse sur les côtés.

« Je ne peux pas encore y aller. Vous me mettez au bord du gouffre.

Je ne m'attendais pas à son sourire fier, mais c'est ce que je reçois, un sourire qui semble apprécier à quel point je suis sur le point de le perdre à cause d'elle. Alors, je baisse ma bouche jusqu'à la magnificence entre ses jambes et je me régale d'elle jusqu'à ce que ses gémissements deviennent vifs, et ses vifs deviennent des cris d'euphorie.

"Oh, oui", crie-t-elle. "Oui, Sam, oui!"

La sensation de ses battements sur ma langue est enivrante, mais si je deviens plus fort, je pourrais bien exploser. Alors qu'elle descend, je retourne à ma commode, enroulant un préservatif sur toute ma longueur. De retour vers elle, je grimpe sur son corps nu et enfonce ma bite dans sa chaleur délicieusement chaude.

Maintenant, c'est moi qui gémis et gémis.

Dans un flou de poussées rythmées qui font que mes yeux se retournent dans ma tête, je fais de mon mieux pour la faire jouir à nouveau, mais même si elle gémit, cela n'arrive pas encore. Et ce n'est pas la norme que j'aime respecter.

"Change de place, bébé."

"Quoi?"

Elle a l'air hors de ça. Ses cheveux dorés sont ébouriffés et partout sur mes oreillers, ses lèvres sont gonflées par mes baisers et son teint est d'un rose délicat. Je n'ai jamais vu un spectacle plus gratifiant de ma vie.

Si je n'étais pas si proche, je me contenterais simplement de m'allonger ici et de savourer la connexion magique de son corps lié au mien.

"Monte et chevauche-moi."

Quelques instants plus tard, c'est elle qui est au dessus, et puisque cela me permet non seulement d'adorer cette parfaite poignée de seins, mais aussi de l'apprécier sous un tout autre angle. Je frappe Amanda par le bas. Alors qu'elle rejette la tête en arrière, j'écoute ses gémissements se transformer en gémissements aigus qui devraient probablement être illégaux, mais juste pour m'assurer qu'elle y arrive à nouveau, j'amène mon pouce sur son clitoris et je le caresse.

Elle crie à nouveau, un son que je connais maintenant, et je laisse le choc de ses muscles intérieurs voler l'orgasme au mien.

Rassasié d'une manière à laquelle je ne me souviens pas avoir été longtemps - peut-être jamais -, je passe mes bras autour d'elle et ramène sa tête vers ma poitrine. Déconnectés mais pas séparés, nous sommes restés allongés ensemble alors que nos respirations s'égalisent, son oreille sur mon cœur battant pendant que je joue avec les longues vagues de ses cheveux brillants.

Ce n'est que lorsque tout est redevenu plus calme qu'elle parle.

"Pensez-vous que je devrais y aller?" » demande-t-elle, semblant presque douce, et même si je peux admettre que je dis oui aux rencontres à l'occasion, cela n'arrivera pas ce soir. En surface, ce que nous venons de vivre semble n'être rien d'autre que du bon sexe, mais d'une manière ou d'une autre, cela semble plus important que cela. Plus important. Et je ne suis absolument pas pressé que ça se termine.

« Vous n'allez nulle part. Pas si j'obtiens un vote.

"Vous êtes sûr?" Elle me regarde dans les yeux à bout portant, et j'en suis encore plus sûr qu'il y a quelques secondes.

"Je n'ai jamais été aussi sûr."

J'embrasse ensuite tendrement son front, puis chaque joue, et enfin ses lèvres. Seulement, ce n'est pas le genre de baiser que j'ai partagé avec elle auparavant. Celui-ci est plus sincère. Il s'agit moins de pulsions et de désir que de proximité et de communion.

Ensuite, une fois qu'elle a fait un bref voyage dans ma salle de bain et que j'en profite pour m'occuper du préservatif, elle se remet au lit avec moi et s'endort pendant que je la cueille par derrière.

Le matin, nous avons besoin d'un autre préservatif car dormir à côté d'elle sans vêtements réveille ma libido à pleine puissance. Une fois que je l'ai prise et que j'ai de nouveau entendu ses cris de ravissement (il n'y a pas de meilleur son dans l'univers), je suis resté allongé là avec elle, réalisant quelque chose après que le sang soit revenu dans mon cerveau.

Je ne veux toujours pas qu'elle parte. Ce qui veut dire que j'ai de gros ennuis ici. Je n'ai pas permis à une femme d'être aussi importante pour moi depuis que mon ex a quitté la Géorgie. J'en ai fini avec elle, mais Amanda est la première femme avec qui je veux rester pour ce qui semble être une éternité. Alors oui, j'ai de gros ennuis.

Chapitre 6

Sam,

je regarde Amanda dormir pendant au moins une heure après notre deuxième tour, mais mes pensées vrombissantes ne me permettent pas de dormir davantage. Je suis en conflit avec ce que je ressens pour cette femme. J'ai déjà peur de savoir ce que c'est parce que je suis déjà venu ici.

Pourtant, même à ce moment-là, je ne l'ai pas ressenti si vite, si fort. Il m'a fallu beaucoup de temps pour tomber amoureux de mon ex-femme Mimi - et même alors, même si je tenais à elle, j'ai fini par lui dire que je l'aimais parce qu'elle me l'avait dit. À ce moment-là, nous étions ensemble depuis près de huit mois et ne pas le dire nous aurait probablement divisé.

Alors, j'avais rendu la pareille.

Et ce n'est pas vraiment que notre relation et notre mariage aient été mauvais. Nous avons été bons pendant encore quelques années après avoir marché dans l'allée. Mais nous avions été occupés. Elle avait son entreprise de vente de biens immobiliers et j'avais la mienne dans notre studio à domicile. J'étais tellement pris par l'acte de création que je perdrais la notion du temps et manquerais des choses. Rendez-vous. Rendez-vous. Dîners. Ce n'était pas intentionnel, mais avec le temps, cela a érodé l'intimité entre nous.

Un matin, je me suis réveillé pour trouver Mimi habillée et me regardant avec un froncement de sourcils.

« Sam, je ne suis pas content. Soit nous réparons ça, soit je veux divorcer.

"Réparons-le, alors."

Nous avons fait des conseils et je me suis assuré de ne rien manquer de notre emploi du temps en me faisant alerter à l'avance par mon téléphone. Mais nous avons découvert quelque chose d'essentiel en discutant avec notre thérapeute conjugal.

Toute véritable passion que nous aurions pu avoir avait disparu. Je tenais à Mimi. Je l'aimais même. Mais je n'étais pas amoureux d'elle.

Cela m'étonne de rester ici avec Amanda en ce moment et d'admettre que nous avons partagé plus d'ardeur et de chaleur en une nuit que Mimi et moi pendant notre mariage. Bon sang, pendant toute notre relation qui a duré cinq ans. Mimi a affirmé ne pas aimer la vie dans une petite ville et a insisté sur le fait qu'Oak Valley restreignait son style. Elle est revenue à New York pour le prouver, mais au fond, j'ai des doutes.

Je pense que la chose qu'elle a arrêté d'aimer, c'était moi.

Amanda remue et m'adresse un sourire incandescent, et cela m'aurait peut-être fait oublier mes inquiétudes si je n'avais pas déjà emprunté la voie infernale du divorce. Même si c'était amical, cela avait quand même été horrible – sapant l'énergie et l'esprit.

Le divorce semble aussi faire partie de mon histoire familiale. Mes parents sont divorcés et mes grands-parents paternels aussi. Deux de mes trois groupes d'oncles et de tantes sont divorcés. Peut-être que les Baldwin devraient éviter de prononcer des vœux devant un autel.

De plus, la dissolution de mon mariage m'a privé de ma créativité pendant un an. J'avais tellement peur que ma muse m'ait définitivement quitté avec mon ex-femme que lorsque je me suis enfin senti capable de remettre le pinceau sur la toile, j'ai failli pleurer en ôtant ce poids de mes épaules.

"Parle-moi de toi", j'encourage Amanda, me ramenant au présent. J'ai besoin d'en savoir plus sur cette femme dans mon lit.

"Comme quoi ? Tu veux mon discours dans l'ascenseur ?

J'ai ri. « Aimez tout ce que vous voulez partager. Je veux entendre tout ce que tu veux me dire.

Ainsi, elle explique son éducation dans le Connecticut. Comment sa mère et ses grands-parents sont originaires de Géorgie et à quel point elle apprécie son travail d'enseignante. Je partage mon propre parcours et ce que ça fait de pouvoir dire que j'ai réalisé mon rêve de créer pour gagner ma vie.

Au cours du mois suivant, nous nous voyons tous les week-ends, et généralement à un moment donné de la semaine. Nous prenons du temps les uns pour les autres, et le temps passé ensemble est quelque chose dont nous ne pouvons pas nous lasser. Mais pour moi, c'est rapidement devenu bien plus que du sexe. Je me sens de plus en plus attirée par elle. Je l'aime bien. Véritablement. Je veux tout savoir d'elle. Et même si je n'arrête pas de me dire que c'est trop tôt, je ne peux pas nier ce que je ressens pour elle. Pourtant, je ne lui ai encore rien dit à ce sujet.

Parfois, aux petites heures du matin, j'avoue à Amanda des choses dont je n'ai jamais parlé à Mimi. Le sentiment de perte que je ressens ne concerne pas mon ex-femme en tant que personne, mais le fait de ne pas avoir réussi à faire fonctionner mon mariage. J'avoue même une fois craindre de ne pas être fait pour l'institution elle-même. Et d'une manière ou d'une autre, Amanda sait toujours comment me calmer. Elle me comprend vraiment et cela signifie tout.

«Je n'ai jamais eu de relation aussi sérieuse à long terme, mais je ne pense pas que vous devriez vous en vouloir. Parfois, les choses ne sont pas censées se produire. Cela a été une leçon difficile à apprendre pour moi... » Elle fait une pause et il lui faut un moment pour continuer. « D'accord, ça a été plus que difficile. Perdre la WNBA, aller en Europe pour essayer de garder ce rêve vivant et ne toujours pas l'atteindre, c'est horrible. Mais je pense que les choses arrivent pour une raison.

« Nous ne comprendrons peut-être pas la raison tant que nous ne pouvons pas regarder en arrière – avec le recul, c'est vingt vingt – mais ma mère dit toujours qu'elle ne croit pas aux coïncidences. Et maintenant, je me sens content. Je vais bien, surtout maintenant que je t'ai. Donc, je pense qu'elle pourrait être sur quelque chose. Aussi, plus j'y pense, plus j'aime le concept de coaching. Une fois ma maîtrise obtenue, je pourrai postuler pour un tel poste au Valley College.

Elle m'embrasse longuement et langoureusement. « Alors ne vous sous-estimez pas. Le ciel est la limite pour nous deux.

"Tu es incroyable, tu le sais?"

Je lui dis cela fréquemment parce que c'est la vérité. Sa présence apporte tellement de soleil dans ma vie. J'aime même davantage peindre.

Tu l'es aussi."

Nous continuons notre existence heureuse de rencontres, et cela se fait sans effort. Techniquement, les choses n'en sont qu'à leurs débuts pour nous, mais je vois un avenir pour nous. Je tiens à elle, et chaque fois que nous ne sommes pas d'accord, c'est mineur. La plupart du temps, nous nous taquinons, et si les choses deviennent un peu trop tendues, nous nous excusons et profitons d'un peu de sexe de maquillage.

Petit à petit, j'ai arrêté d'avoir peur de la perdre car, dès le départ, nous avons trouvé comment dépasser les malentendus. En fait, nous avons commencé du mauvais pied et il y avait peu de chances que nous soyons amis. Quand je me souviens de ce petit détail, je ne suis pas gêné si nous ne sommes pas d'accord.

C'est une base solide que nous construisons, et ce n'est pas parce que je suis nul en mariage que les choses ne fonctionneront pas pour nous. De toute façon, aucune loi ne nous oblige à prononcer des vœux. Et elle me donne l'espoir que même si nous nous promenons dans l'allée, nous ne deviendrons pas une triste statistique.

Elle a dissipé tous mes nuages sombres et je me sens plus optimiste que jamais. C'est arrivé vite, mais ça me va. Mimi et moi avons eu une cour assez longue et il s'est avéré que notre mariage n'a pas survécu. Je veux donc savoir quand quelque chose ne va pas ou ne va pas en début de partie.

Alors comme le dit le proverbe... quand tu sais, tu sais.

Chapitre 7

44

Amanda

Alors que je prépare un gâteau au citron pour Sam – son préféré – en guise de surprise, je fredonne pour moi-même. Je n'ai jamais été un grand musicien et je ne peux pas emporter un morceau qui me sauve la vie. Pourtant, cette célébration semble être une étape importante. Et puis, c'est le soir.

Je vais dire les trois petits mots que je n'ai jamais déclarés à personne d'autre.

Il est temps, et je pense qu'il est prêt à les entendre.

La pâtisserie n'est pas mon fort, mais je m'en sort bien avec ce simple mélange à gâteau de l'épicerie. Je suppose que n'importe qui peut mettre quelque chose dans le four et le faire ressortir bien à condition de suivre les instructions.

Je le laisse refroidir et je suis en train de le glacer lorsque mon téléphone sonne. Pour terminer, je lave le glaçage jaune de mes mains puis je jette un coup d'œil à mon écran. L'appel manqué vient de Debbie, une de mes coéquipières de notre université alma mater. Contrairement à moi, Debbie n'a pas postulé pour la WNBA, choisissant de chercher fortune dans le travail administratif. Aux dernières nouvelles, elle avait un travail quelque part dans l'ouest.

Je me demande ce qu'elle veut et je compose son numéro. Au moins, ce serait bien de rattraper son retard. Elle répond à la première sonnerie.

"Amanda." Elle parle si fort que je me dépêche de baisser le volume du haut-parleur de mon téléphone. "Que fais-tu?"

C'est Debbie pour toi. Elle n'est pas du genre à bavarder.

"En fait, je glace un gâteau pour mon petit-ami."

"C'est gentil." Elle éclate de rire bruyamment. "Littéralement. J'ai entendu dire que tu avais déménagé en Géorgie. Est-ce vrai?"

"Oui."

"Eh bien, j'ai un poste pour toi, alors, et je pense que tu devrais l'accepter."

Une position?

"Pourrais-tu répéter ça?" Peut-être que je l'ai mal entendue. Je ne suis qu'à la moitié de mes cours de master.

« Je suis maintenant recruteuse pour le basketball féminin de Division 1. Je suis retourné à UConn, puis j'ai passé un an à Ohio State, et maintenant je vis aussi en Géorgie.

"Vous avez été occupé", je remarque.

« Vous avez été plus occupé. J'ai fait attention. La ligue européenne. Et maintenant tu enseignes dans un lycée dans une petite ville dont je n'ai jamais entendu parler ?

«Oak Valley», dis-je.

"Ouais. Là. Et si je pouvais vous mettre à Georgia Tech comme entraîneur de basket-ball féminin ? Ce serait comme assistant pour commencer, mais tu obtiens ton master, n'est-ce pas ?

Bon sang, comment sait-elle tout ça ? "Euh, c'est vrai."

Elle rit. "Hé, je ne veux pas avoir l'air de te traquer, mais j'ai suivi. Vous n'êtes pas complètement hors réseau, même si vous pensiez l'être.

Je me détends un peu. « Donc je suppose que nous parlons toujours aux mêmes personnes. C'est agréable de rester un peu connecté.

Revenant au sujet pour lequel elle m'a appelé, elle continue rapidement. « Ainsi, une fois que vous aurez terminé vos études postuniversitaires, vous serez dans une excellente position pour accéder au rôle principal. Normalement, ça ne marche pas comme ça, mais... » Elle fait une pause et je l'entends laisser échapper un soupir. « Écoutez, je ne vous ai pas entendu cela, mais la rumeur veut que l'actuelle entraîneure féminine ait besoin d'une retraite anticipée en raison de problèmes de santé, et qu'elle ait perdu un assistant. C'est votre moment.

Mon moment. Les mots résonnent dans mon crâne comme un cri dans une pièce vide sans tapis.

"Euh, puis-je y penser?"

"Bien sûr. Mais réfléchissez vite. Nous devrons agir rapidement pour garantir cela. Tu es la première personne à qui j'ai pensé parce que tu serais parfait pour ça.

"Merci pour le vote de confiance." Je suis sérieux. Je n'ai pas parlé à Debbie depuis un moment, et qu'elle pense à moi en premier parmi tous ceux qui courent dans nos anciens cercles signifie beaucoup.

« Tu es l'un des meilleurs. Je peux vous visualiser à cent pour cent en marge du court, menant vos dames à la gloire. Faites-le-moi savoir d'ici vendredi.

"Vendredi la semaine prochaine?" Nous sommes actuellement mercredi, donc un peu plus d'une semaine serait bien.

«Non, après-demain. Il n'y a pas moyen de s'asseoir là-dessus. Le monde du sport évolue rapidement, comme vous vous en souvenez certainement.

Je me rappelle.

« D'accord, alors. Je t'appellerai vendredi.

L'enthousiasme monte en moi face à toutes les folles possibilités que cela pourrait signifier pour mon avenir. L'énergie nerveuse me fait tourner sur place lorsque j'aperçois le gâteau que je viens de finir de glacer.

Merde! Et Sam ?

Nous sommes en juillet et l'année scolaire commence en août, le personnel devant reprendre le travail plus tôt. Et Debbie doit connaître ma réponse dans les deux prochains jours. Sam arrive bientôt et je dois trouver quoi lui dire. Les choses se sont très bien passées entre nous et je ne veux pas tout gâcher.

Le timing est nul, mais je ne peux pas garder ça secret. Je dois m'asseoir avec lui et discuter de ce qui changera lorsque j'accepterai ça.

Puis ça me frappe. Je vais prendre ça. Je ne peux pas ne pas le prendre. C'est une opportunité trop précieuse pour la gâcher.

Quand Sam arrive, je me précipite dans ses bras.

"Whoa, bébé, tu as failli me renverser." Il rit, et tout d'un coup, j'ai peur. Qu'est-ce que cela va signifier pour nous ?

"Je suis heureux de vous voir!" Je crie, puis je fais quelque chose qui pourrait être stupide. "Je t'aime."

Son expression devient si douce que j'aurais aimé l'avoir en vidéo pour la rejouer encore et encore. "Ah, Amanda, je t'aime aussi."

Mais j'ai un creux dans l'estomac.

"Alors, euh... j'ai quelque chose à discuter avec toi."

Il me prend la main et s'assoit à côté de moi à la table de ma cuisine. La semaine dernière, il a fait irruption ici, a remonté ma jupe, m'a soulevé cette table et m'a pris sans pause. C'était exaltant, même si je me suis retrouvé avec un bleu au dos pendant quelques jours après. Mais maintenant, la mémoire s'améliore un peu.

"Tu sais que tu peux tout me dire," dit-il doucement.

Je le sais.

« On m'a proposé un emploi. Un gros travail. Et je vais l'accepter – je dois le faire. C'est un poste d'entraîneur.

"Ouais?" Il sourit largement, l'air extatique. "Tout comme ton rêve."

"Euh, oui, mais il y a un piège." Crachez-le et finissez-en. «C'est à Atlanta. Chez Georgia Tech.

Je peux voir à la seconde près les conséquences de ce retournement sur lui. Mais les seuls emplois d'enseignant disponibles se trouveront ailleurs qu'à Oak Valley. Il le sait, mais il doit le comprendre.

« Atlanta... » Il prononce le nom de la capitale de l'État avec une délibération que vous pourriez utiliser avec quelqu'un qui a du mal à comprendre la communication verbale. "Donc, vous déménagerez dans deux heures."

"Oui."

Donc, rester coincé dans le trafic d'Atlanta au bon moment doublera le trajet." Il fronce les sourcils, puis tourne son regard vers moi. «Ouais, c'était une blague. Je suppose qu'alléger le moment ne fonctionnera pas. Cela ne change certainement pas les faits.

J'attends, mais il reste silencieux pour le moment et moi aussi. Il se lève en se frottant la nuque.

"D'accord. Il est logique qu'un gros travail d'entraîneur ne soit pas là. Quand?"

"Dans quelques semaines, probablement..."

"Wow. C'est rapide. Alors, et nous ?

«Je ne sais pas», j'avoue.

"Es-tu en train de me quitter?"

"Non. Non, je ne veux pas rompre. Mais je peux comprendre pourquoi il pourrait tirer cette conclusion hâtive.

« Est-ce un accord temporaire ? Est ce que tu reviens?"

Je ne pense pas, mais je ne peux pas le dire à voix haute. Je ne reviendrais ici que si j'échoue au niveau collégial. Et seulement alors, si mon emploi actuel est toujours disponible. Je me rends compte que prendre cette décision signifie subir des conséquences extrêmement lourdes.

«Peut-être que nous pouvons...» Je commence, mais ma phrase s'efface. Si je ne reviens pas, nous nous reverrons rarement. «Je veux dire, je sais que vos affaires sont ici. Votre vie est ici.

"Et le vôtre sera là."

« Mais nous n'avons pas besoin d'arrêter les choses », dis-je avec espoir, mais je peux dire à son visage qu'il n'est pas d'accord. Un pli profond s'est creusé sur son front et ses lèvres se sont formées en une ligne plate et sombre.

Je n'ai jamais vu une telle tristesse sur ses traits. Tellement blessé. Et tout d'un coup, c'est bien pire que n'importe quelle réaction que j'aurais pu construire dans mon esprit. C'est atroce. Les larmes me montent aux yeux et glissent sur mes joues.

"Pourquoi as-tu dit que tu m'aimais", demande-t-il, "seulement pour enchaîner avec ça ?"

«Je...» Mais je ne peux pas répondre à sa question. De son point de vue, cela semble probablement cruel. Comme si je l'avais piégé ou quelque chose comme ça, même si je ne ferais jamais ça. Ma voix s'échappe de moi. « Parce que je t'aime. Avec tout mon coeur."

Les larmes coulent sans arrêt maintenant. Honnêtement, je ne sais pas comment je peux faire sortir ces mots.

«Je vais y aller», marmonne-t-il, presque dans sa barbe. Il fait volte-face et je panique.

"Mais Sam..."

"Je veux que tu réalises ton rêve, et faire de longues distances serait trop dur. Mais je comprends et je ne me mettrai jamais en travers de votre chemin. Il se dirige vers ma porte.

« Ne pars pas. S'il te plaît, Sam. Nous trouverons une solution. Mais je sais comment fonctionne le coaching à des niveaux supérieurs et les horaires sont insensés. C'est comme ça.

« Écoutez... Nous ne sommes ensemble que depuis peu de temps. Comme une aventure. C'était génial tant que ça a duré, mais tu as ta vie et j'ai la mienne. Il hoche la tête sans me regarder. Pourtant, il s'approche et me donne un bisou sur la joue. "Prends soin de toi, Amanda."

Je ferme les yeux, inhalant son parfum épicé. Mais il se dirige vers la porte, s'arrêtant pour jeter un coup d'œil au tableau de chat et de chien qu'il m'a offert après notre première rencontre, sa posture raide semblant se dégonfler. Mais ensuite, une seconde plus tard, Sam se précipite dehors, s'enfuyant de ma maison comme si elle était en feu.

Il est parti. Quitté à l'instant.

Et alors que je pivote sur place et vois le gâteau intact, je tombe à genoux et sanglote.

Chapitre 8

Sam

Je me retrouve devant la porte d'entrée de ma galerie sans vraiment me rappeler comment je suis arrivé ici. Un coup d'œil derrière moi révèle mon SUV, mais je ne me souviens d'aucune partie du trajet que j'ai dû faire jusqu'à Main Street. Je ne me souviens d'aucune des avenues ou routes familières, si j'ai rencontré des piétons, des panneaux d'arrêt ou quoi que ce soit d'autre. Tout ce que je sais, c'est que la mémoire musculaire m'a amené sur mon lieu de travail, et en ce moment, le travail me semble tout ce que j'ai.

Je sprinte directement à l'étage et dans mon studio. En pilote automatique, je me dirige vers le meuble qui contient tous mes tubes de peinture, pinceaux et fournitures. Je prends quelques couleurs et en jette au hasard sur l'une de mes palettes. Au début, je trempe un pinceau en éventail dans du cramoisi et je vais sur une toile blanche et fraîche, mais cela ne me semble pas bien. Rien ne semble bien. Je coupe le pinceau au milieu, l'étalant comme si c'était du sang. Je sais que cette toile sera perdue, mais créer une pièce significative n'est pas mon objectif. Tout ce que je veux, c'est évacuer les émotions de la seule façon possible en ce moment.

Sachant que j'ai besoin de plus – plus de peinture et plus de toile – je vais dans le placard à la recherche des seaux de peinture au latex que j'utilise parfois pour de grands abstraits expérimentaux. J'enlève l'un des couvercles lorsque je me souviens qu'Amanda n'aimait pas mes résumés. Un jour, elle s'est moquée de mon projet saisonnier, la raison pour laquelle nous nous sommes parlé en premier lieu. Le souvenir de cela s'envenime dans mon esprit, s'enfonçant comme une tique, et la fureur s'enflamme en moi comme un feu de benne à ordures alimenté à l'essence.

Je ne sais pas pourquoi ce souvenir m'enrage, mais c'est le cas. Je suis un artiste. Un créatif. Je ressens profondément même si je ne montre souvent que cette émotion dans mon travail. Me dire qu'Amanda n'était pas mon avenir ne m'aide pas. Je suis au-delà de la raison. Je suis tombé vite et fort. C'était – c'est – réel. Certains disent que le véritable amour ne peut pas se produire en quelques mois, mais je suis la preuve que ces gens ne savent pas de quoi ils parlent.

Et voilà que je m'apprête à jeter de la peinture sur une grande toile vierge histoire de calmer la frénésie qui sommeille en moi. Je ne peux pas m'arrêter. Sans considérer le résultat merdique, je prends le pot de peinture ouvert et je jette le contenu sur la toile. La canette n'était qu'à moitié pleine, mais elle éclabousse toujours tout autour de la toile posée sur un chevalet. Les éclaboussures se répandent sur le sol et sur un de mes paysages presque terminé.

En regardant les dégâts, je me rends compte que je rugis à pleins poumons. Ma gorge commence à me faire mal, à cause de la tension, et je tombe à genoux, la tête dans mes mains souillées de peinture. Je m'en fiche. Je ne peux pas. J'ai vécu le pire des années 80 aujourd'hui et je n'arrive pas à retrouver mon équilibre.

Je me sens coupable de mon divorce depuis le jour où il a été décidé, sachant que j'avais foiré. Mais cette fois, je ne l'ai pas fait. J'ai fait tout ce que je pouvais pour être l'homme idéal pour Amanda, mais ce n'était pas suffisant. J'avais adoré chaque minute où je me transformais pour devenir le genre d'homme dont elle tomberait amoureuse. Et puis elle l'a fait, mais ce n'était pas suffisant.

Je ne peux pas lui reprocher d'avoir choisi sa carrière plutôt qu'une relation. Les gens font ce genre de choses tout le temps. Ce n'est même pas si inhabituel.

Je n'aurais jamais pensé que cela m'arriverait.

Je ne sais pas combien de temps je reste à genoux là comme un imbécile pathétique au milieu du sol de mon studio, mais finalement, je me relève.

En fouillant dans un placard voisin, je trouve une combinaison censée – ironie de toutes les ironies – protéger mes vêtements, et je me déshabille jusqu'à mes sous-vêtements pour la porter à la place. En rassemblant quelques produits de nettoyage, je fais de mon mieux pour nettoyer les dégâts que j'ai causés, puis je retourne à la peinture. Je ne fais pas très attention à ce que je crée, je sais seulement qu'arrêter signifie céder à toute cette agitation en moi.

Je peins jusqu'à ce que j'aie les yeux larmoyants, jusqu'à ce que mes mains tremblent trop pour tenir un autre pinceau. Je lève les bras au plafond et me tourne pour étirer mon dos douloureux. Réalisant que je dois sortir d'ici, je trouve un jean propre et un t-shirt que je garde à la galerie pour les moments où j'oublie la combinaison.

En me dirigeant vers ma voiture pour faire le court trajet en voiture pour rentrer chez moi, j'ai failli renverser quelqu'un parce que je ne faisais attention à rien.

"Condamner! Qu'est-ce que tu as, Sam ? Trina Donald m'a crié dessus quand je l'ai heurtée. Elle pousse ses cheveux blond vénitien derrière ses oreilles et me regarde.

"Merde, Trina. Je suis désolé. Je ne regardais pas où j'allais.

« Tu n'as pas l'air très bien. Que se passe-t-il?" Déjà finie d'être en colère contre moi, elle posa une main sur mon bras et le serra légèrement.

« Ouais. Vous ne voulez pas vraiment savoir. Ça a été une journée de merde. J'ai passé une main dans mes cheveux et j'ai pris une profonde inspiration qui aurait dû me calmer, mais je ne l'ai pas fait.

«Eh bien, je ne suis pas pressé. Renverse le." Toujours du genre pragmatique, Trina fronça les sourcils et tapota lentement du pied pendant qu'elle attendait.

Décidant que je n'avais rien à perdre, je lui ai tout dit. Presque tout. J'ai gardé pour moi ma dévastation sensible et mon épisode de peinture quasi maniaque. « Alors voilà. Amanda et moi sommes finis parce qu'elle déménage à Atlanta pour le travail de ses rêves.

« Alors tu tombes amoureux et tu es prêt à t'en aller parce que les choses se sont compliquées ? Hmm. Je n'aurais jamais pensé que tu étais du genre à abandonner si facilement.

"Qu'est-ce que je suis supposé faire? Se mettre sur son chemin ? Lui demander de ne pas y aller ? Je n'essaierais jamais d'écraser le rêve de quelqu'un d'autre. Je la regarde comme si elle avait une corne qui sortait de son front.

« Je suppose que je ne vois pas les choses en si noir et blanc. La vie a des zones grises, Sam. En tant qu'artiste, vous devriez comprendre l'ombre et la lumière mieux que quiconque. Elle hausse les épaules. "Mais peu importe."

Je peux dire qu'elle me harcèle un peu. Peut-être que j'en ai besoin. Alors je décide d'entendre au moins ce que je sais qu'elle meurt d'envie de dire. "Alors, que feriez-vous?"

"Je ne suis pas toi, mais puisque tu l'as demandé... je ne renoncerais certainement pas à une seconde chance en amour. Amanda est ta deuxième chance. Pourquoi ne pas voir ce que vous pouvez proposer. Les longues distances peuvent être difficiles. Ne pas se voir tout le temps serait nul, mais ce serait un million de fois mieux que de se manquer. Juste mes deux cents."

« C'est tout ce que tu as ? Les longues distances ne fonctionnent jamais. Je ne connais personne qui a réussi à faire en sorte que cela fonctionne. Je fronce les sourcils et détourne le regard. J'espérais qu'elle aurait une meilleure idée à partager que celle-ci.

"Salut mec. Tu as demandé. Et c'est ce que je crois honnêtement, même si ce n'est pas ce que vous voulez entendre. Et ce n'est pas parce que vous ne connaissez personnellement personne qui a réussi une relation à distance que c'est impossible.

Je ne savais pas si elle était vraiment ennuyée ou si elle me donnait simplement un amour dur. Quoi qu'il en soit, elle avait du sens. "Tu as raison. Je suppose que ce n'est pas impossible. Je ne suis tout simplement pas sûr d'être fait pour ça.

Elle acquiesça. « Vous ne saurez jamais si vous n'essayez pas. Amanda en vaut la peine. Tu l'es aussi. Je dois y aller. Elle se tourna et commença à s'éloigner, puis elle s'arrêta. « Ne vis pas avec un regret pareil, Sam. Allez lui parler. Faire preuve de créativité. Vous pouvez tous comprendre cela. Elle m'a fait signe et s'est dirigée vers son magasin sur la place à quelques portes du mien.

Les paroles de Trina résonnaient à mes oreilles. Elle avait raison, mais j'avais été trop bouleversée et surprise pour réfléchir avec un esprit ouvert. Pourquoi Amanda et moi ne parvenons-nous pas à comprendre cela ? Nous nous aimons et cela en vaut la peine. Ce n'est peut-être pas la situation la plus idéale, mais le moins que nous puissions faire est d'essayer.

Après un repos bien mérité et une longue douche chaude, je me dirige vers sa maison. Je suis excité et nerveux et j'ai bon espoir de ne pas avoir mal évalué son cœur.

Chapitre 9

Amanda,

j'entends sonner à la porte et gémir. «Eh bien, merde. C'est la dernière chose dont j'ai besoin en ce moment," je marmonne.

Je n'attends pas de compagnie. Je ne veux pas de compagnie. Je veux juste être seul. J'espère que celui qui est là s'en ira. Peut-être qu'ils penseront que je ne suis pas à la maison et abandonneront. Puis la cloche sonne à nouveau. Et en quelques secondes seulement, il sonne une troisième fois. Qui que ce soit, il ne semble pas vouloir abandonner.

Quand je réponds à la porte, je vois un homme qui a vécu un parcours similaire au mien. Ses cheveux ont l'air humides comme s'il venait de sortir de la douche, mais ses yeux sont injectés de sang et son expression est troublée.

Et c'est un spectacle pour les yeux endoloris. En fait, je pense juste qu'il n'a jamais été aussi beau. Il reste là silencieux un moment et il ouvre la bouche pour parler et la ferme. Je n'ai aucune idée de pourquoi il est ici. J'ai envie de lui exprimer mon angoisse mais j'attends tout pour lui. C'est lui qui est venu vers moi et je dois attendre pour savoir pourquoi.

Enfin, il parle. «Je ne veux pas abandonner. Je ne pense pas que je puisse. Je veux trouver un moyen de faire en sorte que cela fonctionne. Puis il attend. Ses bras pendaient à ses côtés. Je vois ses mains se serrer les poings et je sais combien il lui a fallu pour venir ici maintenant.

Je ne peux pas me retenir et je l'attrape. Soudain, nous nous accrochons l'un à l'autre pour la vie.

« Je ne pensais pas te revoir. Je suis tellement contente que tu sois là. Je ne sais pas quoi dire à part être honnête.

Alors qu'il s'éloigne, il me regarde dans les yeux. "Puis-je entrer? Pouvons-nous parler?"

Souriant et hochant la tête, je le tire à l'intérieur.

Nous nous asseyons tout près sur le canapé, en nous tenant la main. Il prend une profonde inspiration et commence son discours. Je suis sûr qu'il a réfléchi autant qu'il le pouvait étant donné l'incertitude de notre situation. «Je suis vraiment désolé de la façon dont j'ai quitté les choses lorsque vous m'avez parlé du travail. Mais j'ai eu le temps de réfléchir et je serais idiot de laisser cela se terminer.

J'acquiesce en attendant qu'il continue.

«J'ai réalisé que c'était assez simple. Je t'aime. Je ferai tout ce qu'il faut pour que ça marche. J'ai quelques idées et il faudra peut-être chacune d'entre elles, mais nous en valons la peine.

Pendant un long moment, je reste silencieux. Je l'espérais mais maintenant que Sam était là, je ne savais pas quoi dire. J'ai l'impression que je dois être une voix de la raison, au moins un petit peu.

«Ça va être dur», je préviens. "Nous n'aurons pas beaucoup de temps ensemble, surtout l'année prochaine."

"Comme je l'ai dit, nous allons le découvrir." Je sens ses bras m'entourer et je me sens comme à la maison. "Je crois en vous et je crois en nous."

"Je crois en nous aussi."

Et tout d'un coup, il me fait passer mon débardeur par-dessus la tête. Je ne porte pas de soutien-gorge et ses mains prennent chacun de mes seins. Mes tétons perlent sous ses doigts et il les pince doucement, puis avec urgence.

Je me lève alors que ses mains tombent. Il a l'air surpris et je souris et me dirige vers ma chambre. Puis il se lève et me pousse à me dépêcher. Une fois la couette retirée, j'enlève le reste de mes vêtements et il est nu en un temps record.

Nous passons l'heure suivante à nous embrasser, à nous caresser et à faire l'amour. C'est mieux que n'importe quel sexe de maquillage au monde. Même si je n'étais pas heureux que nous ayons traversé une période aussi difficile, je ne pouvais m'empêcher d'être reconnaissant pour ce moment et pour la façon dont les choses avaient pris cette tournure.

Épilogue

Sam

Alors qu'Amanda et moi nous promenons dans Main Street en nous tenant la main, ma fiancée continue de jeter un coup d'œil à sa bague de fiançailles de nouvelle taille.

"Tu aimes toujours ça ?" Je lui demande, à moitié taquine. Elle n'a fait que dire de façon poétique à quel point ma bague est fabuleuse à son doigt. Je suis d'accord.

"Je l'aime. C'est beau. Mais je pense que j'aime davantage l'inscription. Pour toujours. J'ai hâte de t'épouser.

Jusqu'à présent, partager notre temps entre notre petite ville et Atlanta n'a pas été de tout repos, mais je ferais n'importe quoi pour elle et elle le sait. Nous avons chacun fait notre part de sacrifices et j'envisage d'acheter un deuxième studio dans le quartier des arts de Midtown pour nous rapprocher plus souvent.

Elle en vaut la peine, nous le valons. Et c'est par-dessus tout une bonne décision commerciale.

Je vois nos amis Harrison et Trina discuter pendant qu'elle arrose les fleurs dans les pots le long de la devanture de sa boutique. Je ne peux m'empêcher de sourire en me souvenant de ses sages paroles alors que je devenais incontrôlable ce jour-là devant ma galerie. C'est probablement grâce à elle que je suis si heureux aujourd'hui.

"Et comment allez-vous tous les deux ce beau matin ?" » demande Trina avec un clin d'œil.

Je jette un regard à ma fiancée fraîchement créée et elle hoche la tête.

"Eh bien, nous sommes fiancés, donc je dirais que nous nous en sortons plutôt bien", dis-je en levant la main gauche d'Amanda pour montrer sa bague. Ces deux-là sont les premiers à le découvrir. Nous ne l'avions même pas encore dit à nos familles.

"C'est tellement excitant", s'exclame Trina en inspectant la bague en argent scintillante, qui est une perle entourée d'un tourbillon de diamants. «J'adorerais concevoir votre robe de mariée. J'espère que vous me laisserez faire !

J'aurai besoin d'une robe de graduation avant une robe de mariée», l'informe ma future mariée. "Ce sera probablement un long engagement."

Sans aucun doute. Nous avons convenu que l'obtention de son diplôme devait avoir la priorité.

"Nous pouvons organiser une fête formelle avec dîner et danse même si vous n'échangez pas encore vos vœux", souligne Trina. "Et je vais te confectionner une robe pour ça aussi."

«Ça me semble amusant. Je suis toujours partant pour une fête », dit Harrison avec un haussement d'épaules, et je sais qu'il apaise Trina. Elle a été la meilleure amie de sa femme Jane pendant des années avant que Jane ne décède il y a trois ans dans un accident de voiture. Nous tous, dans son entourage, avons tenté d'intervenir et de l'aider, mais je soupçonne que Trina a été la plus utile. Parmi nous tous, Trina a été autant affligée que Harrison.

"Alors tu viendras avec moi si j'organise cette fête?" Trina pousse et Harrison se couche comme une main de poker merdique. En fait, son sourire lorsqu'il la regarde est plus que tolérant, il est carrément indulgent.

« Nous avons déjà dansé ensemble. Montrons-leur comment cela se fait.

Trina lui sourit et quelque chose me fait me sentir vraiment excité par cette fête. Je me penche vers ma future femme et lui murmure à l'oreille. "Tu es prêt pour une fête?"

Elle rit et murmure en retour. "Tu le sais. Et je peux porter une nouvelle robe.

Tout ce à quoi je peux penser à ce moment-là, c'est de lui faire enlever cette nouvelle robe après tous les toasts et l'amusement avec nos amis. Et je savais que je l'adorerais pour le reste de notre vie.

Don't miss out!

Visit the website below and you can sign up to receive emails whenever Dave Kerlson publishes a new book. There's no charge and no obligation.

https://books2read.com/r/B-A-NSFNB-NWEOD

BOOKS 2 READ

Connecting independent readers to independent writers.

Did you love *La prochaine fois que je tomberai*? Then you should read *Compagnon oublie*[1] by Dave Kerlson!

[2]

Compagnon Oublié : Un voyage captivant dans le monde des métamorphes et des souvenirs perdus

Dans « Compagnon Oublié », Zenia, une jeune femme métamorphe, mène une vie tranquille en tant qu'assistante administrative de l'Alpha Jericho Savidge. Mais sa routine quotidienne est bouleversée lorsqu'elle rencontre Greyden James, un homme qui a presque détruit sa vie.

Alors qu'elle tente de fuir ses souvenirs douloureux, Zenia découvre que Greyden est à la recherche de sa compagne, dont l'odeur lui est familière.

---

1. https://books2read.com/u/38vWXZ

2. https://books2read.com/u/38vWXZ

Also by Dave Kerlson

Compagnon oublie
Protégé
Te Laisser partie
Chaleur Interdite
Le chaton du viking
Ombres et désir
Le Joker De la Riene
Ne Touchez pas
3 Patrons Robustes et une fille Désemparée
À Court de Loyer
Tentation Dépravée
Beau Cœur
Le Diable
Attendre pour toujours
Au lit Avec l'ennemi
L'interview
La prochaine fois que je tomberai